I0613798

COURS
D'EDUCATION,
A L'USAGE
DES DEMOISELLES,
ET DES JEUNES MESSIEURS
QUÍ NE VEULENT PAS APPRENDRE LE LATIN.

DEUXIEME CLASSE.

11105

On trouve chez les mêmes Libraires tous les Ouvrages de M. l'Abbé *Wandelaincourt*, à l'usage des Colleges, & spécialement utiles pour toutes les personnes qui veulent faire des éducations particulieres.

HISTOIRE
DES ARTS,
DESTINÉE
AU COURS D'ÉDUCATION
DES DEMOISELLES,
ET DES JEUNES MESSIEURS
QUI NE VEULENT PAS APPRENDRE LE LATIN.

Par M, WANDELAINCOURT, ancien Préfet
& Professeur du College de Verdun,

A ROUEN,

Chez le Boucher le jeune, Libraire, rue Ganterie.

Et se trouve à PARIS,

Chez DURAND Neveu, Libraire, rue Galande,

M. DCC. LXXXII.

Avec Approbation & Privilege du Roi,

PRÉFACE.

TOUS ceux qui ne font pas obligés de travailler des mains, croient qu'il y a une diftance infinie entr'eux & les gens de métier. Cette idée eft auffi univerfelle qu'elle eft déraifonnable. Un moindre Commis de Bureau fe préfente-t-il à nous, nous le recevons avec des égards, tandis qu'à peine daignons-nous regarder le Laboureur qui nous apporte de quoi nous nourrir, & l'Artifan à qui nous devons nos vêtements.

Cependant, fi l'on ne s'aveugloit pas, fi l'on donnoit les chofes pour ce qu'elles font &

pour ce qu'elles vallent , ne trouveroit-on pas que celui qui fait des souliers , qui bâtit une maison , qui cultive la terre , rend à la société des services précieux , est un être plus important que ceux qui ne s'occupent de rien, ou qui ne travaillent que pour des agrémens frivoles ? Qu'arrive-t-il de ces désordres ? Les gens de métier se croient avilis , ils rampent, leurs sentiments s'émoussent , leurs idées se rétrécissent , les esprits s'affoiblissent , & leur industrie meurt.

Si donc les Arts ne se perfectionnent pas , c'est à nous que nous devons nous en prendre. Il faudroit montrer aux Artisans des sentiments d'affection, leur parler avec estime ; il fau-

droit les encourager en s'entre-
tenant avec eux de leur état &
de leurs fonctions. Mais comment le faire, si on ne connoît
ni les Arts, ni les Métiers; si
l'on ne se persuade de toute
leur importance ?

Il est donc d'une extrême
conséquence de donner aux jeunes gens une idée des Arts, tant
pour les raisons que nous ve-
nons de donner, que parce
qu'il est important de savoir la
manutention des choses qu'on
doit se procurer chaque jour,
afin de n'être pas trompé ni sur
la qualité, ni sur le prix.

Ces raisons, qui regardent
tous les hommes en général,
doivent sur-tout faire beaucoup
d'impression sur l'esprit des
femmes, à qui il appartient de

régler les achats, qui reviennent tous les jours, les paiements journaliers, la tâche de chaque individu de la famille à laquelle elles préfident, à qui il importe de choifir le meilleur Tailleur, le meilleur Cordonnier, &c. Il faut donc qu'elles foient éclairées fur ces objets. Ce n'eft que par là qu'elles rendront leurs Ouvriers attentifs à les bien fervir, & à perfectionner leurs Arts. Tous ceux qui environnent une femme ainfi inftruite, Domeftiques ou Ouvriers, fe tiendront dans leur devoir, parce qu'ils fauront que la mere de famille a l'œil ouvert fur eux, & qu'on ne peut la tromper impunément.

HISTOIRE

HISTOIRE
DES ARTS.

PREMIERE PARTIE.

HISTOIRE
DES ARTS MECHANIQUES.

D. QU'EST-CE qu'un Art ?

Définition des Arts.

R. On entend par ce mot une invention qui procure quelqu'avantage à la société. Par conséquent nous devons regarder comme un Art tout ce qui nous dirige dans quelque fonction utile au bien public. On peut aussi dire que l'Art eſt ce qui nous apprend à bien faire une choſe qui

A

peut être bien ou mal faite. Ainsi bâtir est un Art, parce qu'on peut bien ou mal bâtir ?

D. Comment divise-t-on les Arts ?

Division des Arts.

R. En méchaniques & libéraux. Les Arts méchaniques sont ceux qui contribuent aux besoins de la société. Les Arts libéraux ne travaillent que pour l'agrément & le plaisir, quoique souvent ils demandent le secours de la main. C'est des uns & des autres que nous entreprenons de donner l'histoire.

D. Combien y a-t-il d'Arts méchaniques ?

Des Arts méchaniques.

R. Presqu'autant que l'homme a de besoins, tant réels qu'imaginaires, ce qui va jusqu'à l'infini. Et, comme il n'y a aucun de ces Arts, même parmi ceux que l'on regarde comme les plus vils, qui n'aient dequoi piquer notre curiosité, nous tâcherons d'indiquer l'origine & les progrès de ceux qui sont d'un usage plus familier, & dont l'invention fait plus d'honneur à l'esprit humain.

D. Quelle est la premiere cause De l'habit
de tous les Arts, & de l'Art d'our- de l'hom-
dir ? me.

R. Le péché est l'origine de tous
les besoins qui tourmentent l'homme ; c'est lui en particulier qui a
obligé les hommes de se vêtir. Adam
n'eut pas plutôt violé le précepte
du Seigneur, qu'il eut honte de sa
nudité. Pour se couvrir, il eut recours à des feuilles d'arbres qui se
trouverent sous sa main. Les rigueurs
de la saison l'obligeant de recourir
à un vêtement plus chaud & plus
commode, il se servit de celui que
la nature sembloit lui offrir, & dé-
pouilla les animaux pour se revêtir
de leurs dépouilles. Tel est encore
l'habillement de ceux qui vivent au
milieu des glaces du Nord.

D. L'homme ne trouva-t-il rien L'art d'our-
de mieux dans la suite, pour se dir
couvrir, que les peaux des animaux ?

D. Noëma, par une induftrie qu'on a portée depuis jufqu'à faire d'une marque d'ignominie un ornement propre à nourrir la vanité & l'orgueil, inventa l'Art de filer la laine, & d'en faire une étoffe plus légere & moins chaude que celle qu'on avoit portée jufqu'alors. Quelques-uns prétendent que l'Araignée a eu beaucoup de part à cette invention, & que c'eft fa toile qui nous a fervi de modele dans l'Art d'ourdir.

D. Qu'ajouta-t-on dans la fuite à l'Art d'ourdir ?

R. Comme les premieres étoffes étoient un tiffu fort groffier, & ne formoient qu'une efpece de canevas, on s'avifa d'en fermer avec l'aiguille les vuides ; & ce fut là la premiere fource de la broderie. C'eft aux Phéniciens qu'on attribue cette invention. Ce furent eux du moins qui mirent du deffin dans la broderie, & qui changerent en beauté les défauts de l'Art.

D. Quel ufage fit-on d'abord des tapifferies & des étoffes brodées ?

R. On en fit des habits ; & il n'y a gueres plus de deux cents ans que nos Peres portoient fur leurs épaules de lourds pans de tapifferie , où étoient brodées , en cent manieres différentes , les armes de leur maifon. On fentit l'embarras & la vanité d'une telle armure ; on s'en déchargea , & on la fit porter par des laquais. Bientôt même on fit fervir ces riches étoffes , ou à des tapis de pieds , comme en Perfe & en Turquie , ou à couvrir & à parer les murailles de nos chambres , comme en Europe?

D. Quel accroiffement reçut l'Art d'ourdir dans la fuite des tems ?

R. On ne s'eft plus contenté de filer la laine ; on a encore trouvé l'art de filer le lin , la foie , l'or , & même l'écorce des arbres , & d'en faire , en multipliant les trames , des dentelles & des étoffes précieufes.

A 3

D. L'ufage du lin eft-il fort ancien ?

R. Ce n'eft gueres que depuis la naiffance de notre Religion , que l'ufage s'en eft répandu par - tout. Avant ce temps , le bain , les parfums étoient fort en ufage ; mais depuis qu'on fe fert de lin , on n'a plus befoin de fe laver fréquemment , & les corps en font devenus beaucoup plus propres , plus fains & plus vifs.

D. Comment peut-on juger de la bonne qualité d'une bonne toile ?

R. Pour bien connoître la qualité & la bonté d'une toile , il faut qu'elle n'ait reçu aucune préparation de gomme , d'amidon , de chaux , & d'autres femblables drogues , qui ne fervent qu'à mafquer les défauts , & en ôter la connoiffance. Lorfqu'elle n'a point reçu ces apprêts , il eft aifé de s'appercevoir fi elle eft bien travaillée & également frappée fur le métier ; fi le fil qu'on y a employé n'eft point gâté ; s'il est également filé, également tors, également fort ; car, pour qu'une toile soit bonne, il faut qu'elle soit bien tissue, qu'il n'y ait aucun mélange de fil, & qu'il soit d'une égale filure.

D. D'où nous viennent les plus belles toiles ?

R. La plus grande partie des toiles de lin & de chanvre qui se consomment en France, sont l'ouvrage des Fabriques du Royaume. Les belles toiles de la Flandre Françoise & de Bretagne, sont sur-tout estimées par leur finesse, par leur blancheur, par la bonté & l'égalité de leur fil. Les Hollandois nous en fournissent de très-belles, bien connues sous le nom de toiles d'Hollande. Ces toiles, quoiqu'extrêmement fines, sont très-unies, très-serrées & très-fermes. Les toiles de la Province de Frise ont la préférence sur toutes les autres : on les nomme toiles de Frise.

D. Quand a-t-on travaillé la soie ?

R. Quoique la foie foit beaucoup plus précieufe que le lin ; elle eft cependant d'un ufage plus ancien , furtout dans les pays Orientaux : auffi eft-elle d'une invention plus aifée. On la trouve prefque toute préparée par le ver qui la produit. Cependant elle fe vendoit encore au poids de l'or du tems de Tibere ; & ce ne fut que fous l'Empereur Juftinien qu'on établit à Conftantinople des Manufactures de foie , après que deux Moines , venus des Indes , en eurent apporté des œufs & des Vers à foie , avec la maniere de les élever.

D. Qui font ceux qui firent connoître la foie dans ces pays-ci ?

R. Roger, Roi de Sicile, au retour de fon expédition de la Terre-Sainte, établit des Manufactures de foierie à Palerme. Louis XI, dans le quatorzieme fiecle, fit venir de Florence des Ouvriers en foie , qui s'établirent d'abord à Tours. Henri II fit planter des Mûriers dans la Provence. Henri IV fit rétablir ces Manufactures que les guerres de Religion avoient fait tomber : il en rétablit de nouvelles à Abbeville, à Sedan & à Rheims, où se font aujourd'hui ces étoffes si propres & si recherchées.

D. Où se fabriquent les belles étoffes d'or & de soie ?

R. A Lyon & aux Gobelins, ainsi nommés du nom de leur Fondateur, qui vivoit du temps de François Ier. C'est dans cette célèbre Manufacture, l'objet de la curiosité de tous les Etrangers, que l'aiguille exécute, aussi parfaitement que le pinceau, les plus beaux desseins de la Peinture. C'est au célèbre le Brun que nous sommes redevables de ces beaux ouvrages ; c'est sous les yeux de ce grand maître que se sont formés les habiles Artisans, qui travaillent à ces précieux ouvrages.

D. D'où viennent les étoffes d'écorces, & comment se font-elles ?

R. Elles nous viennent d'Orient, & se font de la seconde écorce de

certains arbres, qu'on nomme Bana-
niers. Après avoir fait bouillir cette
écorce, & après l'avoir réduite en filaments dans une forte leſſive, on lie les
fils, qu'on tord au fuſeau, enſuite on
en fait de la toile. Les feuilles de cet
arbre ſont ſi longues & ſi larges, que
deux ſuffiſent pour envelopper un homme. Les Habitants des Iſles de Made-
re croient que le fruit qu'il porte eſt
le fruit défendu, ſource de tous les
maux du genre humain, parce qu'il
eſt très-délicieux, & que ſes feuilles
étoient propres à couvrir nos premiers
Peres.

On dit du Lagette, qui croît dans
la Jamaïque, que ſon écorce intérieure
eſt compoſée de douze ou quatorze
couches, qui peuvent être ſéparées
aſſez facilement en autant de pieces,
qui ſont comme une eſpece d'étoffe
ou de toile. La premiere de ces couches, qui vient après la groſſe écorce,
forme un drap aſſez épais pour faire
des habits : les couches intérieures

reſſemblent à du linge, & ſont propres à faire des chemiſes : toutes les
couches de l'écorce intérieure , dans
les petites branches, paroiſſent comme autant de toiles de gaze ou de dentelle très-fine , qui s'étend ou ſe reſ-
ferre comme un rézeau de ſoie. On
fit autrefois préſent d'une cravatte de
dentelle de Lagette à Charles II , Roi
d'Angleterre : ces toiles ſont aſſez ſortes pour être lavées & blanchies comme le toiles ordinaires.

D. Quand ſe ſont établies en France les Manufactures de dentelles ?

R. Ce fut ſous le regne de Louis
XIV , par les ſoins de M. Colbert ,
qui , en établiſſant celles du Puy, d'Au-
rillac & d'Alençon , délivra la France
du tribut que notre luxe payoit aux
Nations voiſines.

La dentelle eſt un ouvrage compoſé
de fils de lin ou de ſoie, même d'or &
d'argent , entrelaſſés les uns dans les
autres. Elle ſe travaille ſur un oreil-
ler avec des fuſeaux, en ſuivant les

points ou piquûres d'un deſſin, par
le moyen de pluſieurs épingles qui ſe
placent & ſe déplacent à meſure qu'on
fait agir les fuſeaux ſur leſquels les
fils ſont dévidés..

Les plus fines & les plus belles dentelles de fil ſont celles de la Flandre
Autrichienne; enſuite celles de la Flandre Françoiſe, parmi leſquelles les
véritables Valenciennes ſe diſtinguent;
puis celles de Dieppe; enſuite celles
du Havre & d'Honfleur : celles des
autres endroits ſont pour la plupart
groſſieres & d'un prix médiocre, quoiqu'il s'en faſſe un négoce & une con-
ſommation très-conſidérable.

La plus grande partie des dentelles, tant d'or, d'argent, de ſoie, que
de fil, ſe conſomment dans le Royaume. Il n'y a gueres que celles de ſoie,
particuliérement les noires, dont il
ſe faſſe des envois conſidérables en
Eſpagne, en Portugal, dans les Indes Eſpagnoles, en Allemagne & en
Hollande.

D. De qui nous vient le secret de teindre en écarlate ?

R. L'art de teindre en écarlate est fort ancien. Les Phéniciens furent ceux qui y réussirent le mieux : ils employerent à cette teinture le san d'un petit poisson , qu'on nomme Murex. Dans la suite on se servit de la Cochenille , insecte qui croît dans le Mexique , dont la figure entiere est comparée à celles de nos Punaises domestiques , qui étant desséchées , sont grosses comme une petite lentille, d'un rouge noirâtre , sans odeur, & teignant en rouge. Cette derniere maniere de teindre est d'un usage beaucoup plus commode, parce qu'elle teint également toutes sortes d'étoffes. Ce n'est cependant que dans ces derniers temps , & à la faveur des découvertes chymiques , qu'on a perfectionné la maniere de teindre en écarlate. C'est à Leyden qu'on fit pour la premiere fois usage de cette nouvelle maniere de teindre. La plus grande quantité de Cochenille eſt employée dans la teinture en écarlate ou en cramoiſi, & pour faire le *Carmin*. Cette ſubſtance d'un rouge tendre & ami de l'œil, eſt employée par les Dames pour relever les couleurs de leurs joues.

D. Quelles furent les différentes manieres de s'habiller & de couper les étoffes ?

R. D'abord on s'enveloppa la tête & les épaules d'une étoffe, qui deſcendoit juſqu'aux pieds. Cet uſage dura long-temps dans les pays Septentrionaux ; mais les longues guerres qui affligerent la France & les pays circonvoiſins, pendant pluſieurs ſiecles de ſuite, firent qu'on perdit l'uſage des habits longs. On ne ſe défit cependant que long-temps après des capuchons, & c'eſt ſous François Ier. qu'on commença à porter des bonnets détachés de l'habit.

De l'Archi-
tecture.

D. De quoi s'occuperent les hommes après avoir pourvu à leur habillement.

R. Ils chercherent des demeures : d'abord ils creuserent des antres dans le roc, où ils se bâtirent des huttes avec des branches d'arbres entrelassées. Telles furent les premieres habitations des hommes, lorsqu'ils erroient encore sur la terre, & que chaque jour ils changeoient de demeure, pour aller chercher de nouveaux pâturages ; mais quand les douceurs de la société les eurent rassemblés, & quand ils songerent à se faire des demeures pour aller chercher de nouveaux pâturages, ils employerent à la construction de leur habitation des matériaux plus solides, comme la brique & la pierre. Avec ces secours, non-seulement ils éleverent des murailles, mais encore ils couvrirent le toit de leur maison, qui étoit plat d'abord & en forme de terrasse ; &, comme ces toits se défendoient mal contre la pluie & les neiges, sur-tout dans les pays Septentrionaux, ou les éleva en pointe : ce qui donna l'idée des étages, qui font en ufage dans l'Europe.

D. Qu'ajouterent les hommes à leurs premiers édifices ?

R. Comme le goût de la fymmétrie eft naturel à l'homme, ils rangerent avec proportion les poteaux, les fablieres & le fermier : ce qui donna, dans la fuite, l'idée des colonnes, des architraves & des frontons ; mais furtout ils environnerent leur nouvelle habitation d'un large foffé, & d'une forte muraille percée de creneaux & renfoncée de quelques tours épaiffes, pour donner plus de jeu aux affiégés. C'en étoit affez contre un foible bélier, & contre un ennemi armé de fleches & de frondes.

D. N'a-t-on pas fait des changements dans la maniere de fortifier les places, depuis l'invention de la poudre ?

R. On a baiffé les murailles ; on les a appuyées contre d'épaiffes terraffes ; on les a fait avancer en forme de triangle,

gle, pour calmer la violence des nouvelles machines de guerre, qu'on a inventées depuis la découverte de la poudre ; on a multiplié tous ces ouvrages, & miné tous les environs, pour écarter de plus en plus l'ennemi du corps de la place.

D. Quelle est l'époque de ce changement ?

R. L'époque & la cause de la nouvelle maniere de fortifier les places , est l'invention du canon , qui suivit de près celle de la poudre, dont on fait Auteur un Chymiste Allemand, nommé Bertaut Schuartz, qui vivoit vers le milieu du quatorzieme siecle. Cependant Bacon, Chancelier d'Angleterre, s'étoit vanté , long-temps auparavant , dans un Ouvrage intitulé : *les sécrets de la Nature & de l'Art* , d'avoir trouvé un secret capable de faire périr des Villes entieres ; & , quoiqu'en termes obscurs , il fait assez entendre que c'est la poudre dont il parle.

Il entre dans la composition de la

poudre les trois quarts de nitre, &
l'autre quart est partagé inégalement
entre le soufre & le charbon ; ensorte
que pour faire cent livres de poudre,
il faut soixante-quinze livres de nitre,
deux livres & demie de soufre, &
quinze livres & demie de charbon.

D. Quand fit-on usage du canon
pour la premiere fois ?

R. Ce fut en 1346, à la bataille
de Crecy, où les canons d'Edouard,
Roi d'Angleterre, mirent en déroute
les troupes de Philippe de Valois, cin-
quantieme Roi de France. Ces canons
n'étoient chargés que de pierres ; mais
ils firent un tel bruit, un tel fracas,
que la Cavalerie Françoise ne put garder ses rangs, & fut bientôt rompue.
Après cette époque, l'usage des canons
devint bientôt commun à tous les pays.
Venise & Vienne furent les premieres
Villes qui firent bâtir des magasins à
poudre.

D. Quand commença-t-on à voir des
fusils, & quelle fut leur premiere forme?

R. L'invention des fufils touche à celle des canons. D'abord ce n'étoit qu'un canon en petit , foutenu d'une fourchette , auquel on mettoit le feu avec une meche. On retrancha enfuite la fourchette , en allégeant toujours le poids du canon ; & au lieu de meche , on fe fervit d'une pierre fulphureufe , qui s'enflamme en frappant la plati-ne qui couvre l'amorce ; ce qui fe fait par le moyen d'un double ref-fort.

D. Depuis quand a-t-on trouvé le moyen de tranfporter par - tout les canons ?

R. Comme les Arts ne font pas toujours parfaits dans leur origine , on fut long-temps fans pouvoir pref-que manier ces groffes pieces de canon : ce ne fut que dans les dernieres guer-res d'Efpagne , dont M. de Noailles avoit la conduite , que le Pere Pierre Truchet inventa les affûts roulants , pour pouvoir tranfporter le canon plus aifément dans les montagnes de Catalogue.   B 2

D. L'invention des bombes est-
elle de beaucoup postérieure au canon ?

R. Le premier qui s'en servit, fut
le Général Mansfeld, qui se signala
dans les guerres de Flandres & dans
celles d'Hongrie. Il entra en France,
l'an 1593, pour secourir la Ligue,
fut Général de l'artillerie, & se servit
de bombes au siege de Wachtendonck,
petite ville du Pays-Bas, à deux lieues
de Gueldres. On croit que ce fut un
Habitant de Venlo, dans la même
Province de Gueldres, qui trouva
cette terrible machine, en travaillant
à un feu d'artifice, & que ce fut lui
qui en fit le premier essai.

D. Qui fit servir la poudre aux
mines ?

R. L'Auteur de cette invention est
un Espagnol, nommé Pierre de Na-
varre. Il en fit usage la première fois
au siege de l'Oenf, sous Ferdinand,
Roi d'Arragon.

D. A ces nouvelles machines, qu'ajouta-t-on dans l'Art d'attaquer les places?

R. On y ajouta la maniere de les employer, comme les batteries à ricochet, & plufieurs autres inventions, de la plupart defquelles nous fommes redevables à M. de Vauban, qui n'étoit pas moins habile dans l'attaque que dans la défenfe des places. Les heureux fuccès des derniers fieges de Flandres font voir que nous n'avons pas dégénéré dans cet art depuis la mort de ce grand homme.

D. A quoi les hommes s'appliquerent-ils lorfqu'ils fe furent munis contre les injures de l'air & les infultes de leurs ennemis?

De l'Agriculture.

R. Ils s'appliquerent à l'Agriculture; c'eft-à-dire, qu'ils travaillerent à apprivoifer les animaux d'un plus grand fervice, & à adoucir parmi les fruits fauvages ceux qui leur parurent les plus fains & les plus néceffaires; car l'homme ne fit pas croître de nouvelles plantes : elles furent

toutes produites au commencement
par le Créateur, & répandues fur
la furface de la terre pour le befoin
de l'homme, à qui il laiffa le foin de
les faire valoir.

D. Que fit-on pour adoucir les
fruits fauvages?

R. Toutes les plantes dont on ef-
péra tirer quelqu'utilité, on les tranf-
porta du fond des forêts dans des
vergers ; & par les foins qu'on en prit
& l'abondance des fucs qu'on leur
communiqua en façonnant la terre,
on vint à bout de corriger l'âpreté
de leurs fruits.

D. Quel fut le premier fruit de la
terre qu'on chercha à faire croître &
multiplier?

R. Ce fut celui que chaque peuple
dans fon pays trouva le plus nour-
riffant & le plus agréable. On s'apperçut bientôt cependant du peu de
fubftance qui fe trouvoit dans la plupart de ces fruits, & du befoin où
l'homme étoit d'une nourriture plus

folide & plus légere. On trouva l'un
& l'autre avantage dans le froment ;
ce qui fit qu'en peu de temps il devint la nourriture de prefque tous les
peuples. Quelques-uns cependant fe
font contentés des premiers fruits
qu'ils trouverent d'abord chez eux ,
comme les Chinois qui fe contentent
de Ris , & quelques peuples de l'Inde
qui ne fe nourriffent que de Dattes
fauvages.

D. Quand le froment fut trouvé ,
que fit-on ?

R. On l'écrafa d'abord entre deux
pierres , & on le détrempa enfuite
avec de l'eau , pour en faire une pâte,
qu'on cuifoit , ou fous la cendre , ou
dans un four. Il eft furprenant qu'on
n'ait eu l'invention des moulins à eau
que dans le feptieme fiecle ; car jufqu'alors il falloit un grand nombre
d'efclaves pour le travail de la meule.
Le pain cuit auffi-tôt après le fimple
mêlange de la farine & de l'eau ,
étoit lourd , maffif, de difficile di-

geſtion, lorſque le haſard voulut qu'on mêlât un reſte de vieille pâte avec la nouvelle, ſans prévoir l'utilité de ce mélange, & par le ſeul principe de l'économie ; alors le pain en devint plus léger plus ſavoureux, & plus facile à digérer, parce que l'air eſt d'abord enveloppé & reſſerré dans une pâte refroidie, on le comprime encore davantage par différentes mouillures ; mais l'âcreté du levain, ſes ſels, ainſi que l'accès du feu qu'on préſente à la pâte, & qui ſort de la main de l'ouvrier, deſſerrent l'air, lui rendent ſon action ; l'air mis en action pouſſe, heurte, ſouleve & étend les parties de la pâte reſſerrée auparavant, leur communique une déſunion de principes, qui ſe perfectionne encore par la cuiſſon, & qui s'acheve par la ſalive & par l'eſtomac de celui qui mange le pain.

Depuis qu'on a inventé l'Art de faire fermenter les grains pour en

obtenir

obtenir une liqueur fpiritueufe, qu'on nomme biere, on a trouvé que l'écume qui fe forme pendant la fermentation de cette liqueur, eft propre à faire lever la pâte d'une maniere plus avantageufe & plus parfaite que l'ancien levain de pâte aigrie : enforte qu'on emploie préfentement cette levure pour faire plus léger le pain de pâte.

D. En combien de manieres différentes le bled moulu fe divife-t-il ?

R. En trois ou quatre ; favoir, la fleur, la farine moyenne, le fon, ou la groffe enveloppe du bled, & les recoupes, c'eft-à-dire, cette écorce blanche appliquée intérieurement à la groffe.

Le fon eft le partage des animaux les plus vils.

Les recoupettes font deftinées à l'Amidonnier pour faire la poudre à poudrer, l'empois & d'autres colles.

Le mélange de la fleur & de la farine moyenne, donne le pain le plus

C

parfait & le plus falutaire. La fleur
& la farine moyenne font deux principes que la nature a mis enfemble
pour s'entr'aider mutuellement , &
qu'il ne faut pas défunir. La faveur
parfaite de ce pain , & la bonne conf-
titution de ceux qui en font ufage ,
prouvent la fupériorité du pain formé par le concours de ces deux
fubftances.

La fleur feule ne fait qu'un pain
fans corps, gonflé d'eau , & peu
propre à fortifier le tempérament
par des fucs vigoureux.

La farine moyenne , quand elle eft
feule , eft deftituée de ces efprits
fubtils qui rendent les fucs plus lé-
gers & plus agiffants.

L'amidon eft une fécule ou réfidu,
qui fe dépofe au fond des tonneaux
dans lefquels les Amidonniers ont
mis tremper avec de l'eau les recoupes de froment. Ceux qui veulent
avoir du bel amidon , ne s'en tiennent pas aux recoupes ; ils em-

ploient même le plus beau grain de froment.

D. Quelle autre plante, après le froment, emporta les soins de l'homme ?

R. Noé ayant exprimé le jus de raifins fauvages, fentit tout le prix que pouvoit avoir cette liqueur, fi l'on cultivoit avec foin la plante dont elle provient ; il le fit, & n'éprouva que trop les heureux fuccès de fon travail. Cette plante paffa bientôt dans les pays chauds, & en fit la plus grande richeffe : elle paffa d'Afie en Europe. Les Phéniciens, qui voyagerent de bonne heure fur toutes les côtes de la Méditerranée, la porterent dans la plupart des Ifles, & la répandirent dans le Continent. Elle réuffit merveilleufement dans les ifles de l'Archipel ; elle fut portée fucceffivement en Grece & en Italie : enfuite on la cultiva en France, & peut-être les vignes attirerent-elles les Francs dans la Gaule, comme elles avoïent

C 2

attiré les Gaulois dans l'Italie, où
avoient accouru des armées de Ber-
ruyers, de Chartrains & d'Auver-
gnats, laffés des glands de leurs forêts, pour boire à longs traits la liqueur de Bacchus, qui avoit nouvellement pris faveur en Italie. Enfin
quelques Allemands effayerent de dé-
fricher des cantons de la Forêt noi-
re, & planterent des vignes le long
du Rhin. La Hongrie en planta auffi.
C'eft ainfi que les vignes fe multi-
plierent par-tout.

Les bonnes qualités du vin font
d'être ferme, & pourtant aifé; d'avoir
du corps, & en même temps de la légéreté; de réunir enfin une couleur
brillante & tranfparente, avec une
odeur flatteufe, & une faveur délicate.

D. Qu'eft-ce qui contribua le plus
aux progrès de l'agriculture?

R. Ce furent les divers voyages
qu'on fit dans les pays étrangers, qui
nous firent connoître les richeffes

dont nous étions dépourvus ; de là
l'échange qui fe fit de ces biens par le
moyen du commerce.

D. Ces progrès furent-ils prompts?

R. Il paroît au contraire qu'ils furent fort lents : ce qui nous détermine
à porter ce jugement, c'eft le petit
nombre de fruits, dont les anciens
Auteurs font mention. Virgile, en
nous faifant la defcription d'un jardin
près de Tarente, ne parle que d'arbres ftériles, & d'herbes fort communes.

D. D'où nous font venus les premiers fruits étrangers ?

R. La vigne fut apportée en France par la Colonie de Marfeille. Ce
fut l'Empereur Probus qui contribua
le plus à la répandre : ce n'eft que depuis que cette plante s'eft répandue
par-tout, que les émigrations ont cef-
fé ; auparavant, chaque Colonie tâ-
choit de la naturalifer dans le fol où
elle fe formoit. La bergamote nous
vient de Bergame : c'eft une orange

C 3

rouge en forme de poire. On dit que l'origine de ce fruit vient de ce qu'un Italien de Bergame s'avisa d'enter une branche de citronnier fur le tronc d'un poirier bergamote ; les citrons qui en font provenus, tiennent du citron & du poirier. La pêche, un des plus excellents fruits de l'Europe, nous vient de Perfe. C'eft de l'Arménie, province du Levant, que nous vient l'abricot. Ce fut de Cérazonte, ville du Pont, que Lucullus apporta le cerifier en Italie. Les Croifés, au retour de leur expédition dans la Terre-Sainte, rapporterent des prunes de Damas & de Sainte-Catherine. Le café nous vient de l'Arabie Heureufe. L'Europe a l'obligation de la culture de cet arbre aux foins des Hollandois, qui, de Moka, l'ont porté à Batavia, & de Batavia à Amfterdam. C'eft du Japon & de la Chine que les mêmes nous ont apporté le thé. L'ipecacuanha a été apporté du Nouveau Monde vers le milieu du dernier fiecle. Les Efpagnols nous ont rapporté du Pérou, en 1640, le quinquina, ce remede divin, qui n'eft rien autre chofe que l'écorce amere d'un petit arbre qui croît dans le Nouveau Monde. C'eft auffi de cette partie de la terre, que nous viennent la plupart des bois propres aux teintures. Notre plus grande récolte de plantes & d'arbres étrangers, s'eft faite dans ces derniers temps par les foins de M. Colbert, & le feul Tournefort, dans fon voyage aux Contrées Orientales, en rapporta, par les ordres de Louis XIV, plus de treize cents plantes.

D. Quel eft le plus beau fecret de l'agriculture.

R. C'eft l'Art de greffer. On ne fait pas trop l'origine de cet Art ; mais il paroît que ce n'eft qu'à la réflexion, & non au hafard que nous fommes redevables d'une fi belle invention. Quelqu'efprit phyficien, voyant couler la feve de l'arbre, après qu'on en a coupé une branche, s'avifa peut-être d'appli-

C 4

quer la même branche dans l'endroit d'où on venoit de l'arracher. Cette premiere tentative lui ayant réuffi, il en inféra une d'une autre efpece. C'eft tout ce que nous pouvons conjecturer d'un Art fi ancien : mais il faut remarquer que c'eft à l'analogie des feves qu'on doit attribuer le fuccès de la greffe.

D. Qui a le plus travaillé, dans ces derniers temps, à perfectionner l'art de greffer ?

R. Le célebre la Quintinie, Directeur-général des jardins de Verfailles. C'eft lui qui a corrigé l'ancienne maniere de greffer, qui a inventé de nouvelles méthodes, qui a appris à couper le fuperflu des arbres, qui a mis en ufage la taille en talus, en crochet, & le pincement des arbres. Il ne s'eft pas contenté de réformer cette partie de l'art ; il a étendu fes foins fur toutes les autres ; & il a eu par-tout le même fuccès. Enfin, à force d'étudier le génie des terrains,

il s'est rendu maître de la nature, est
venu à bout de partager la feve, de la
distribuer selon le besoin de la plante, de lui-donner une chaleur tempé-
rée, & propre à faciliter une circulation bienfaisante. C'est cet habile Na-
turaliste qui a aboli les superstitions
des lunaisons, & de la distinction des
jours heureux ou malheureux, qui régnoient depuis si long-temps ; car si
la Lune a quelqu'influence sur les
succès de la greffe, elle ne fait pas
tout ce que les Anciens lui ont at-
tribué.

D. A quoi songea-t-on après s'être
pourvu du nécessaire ?

R. On songea à dresser des jardins.
L'homme est ami des proportions, &
dès qu'il a trouvé le nécessaire & le
commode, il vise aussi-tôt au beau &
à l'agréable. On rangea donc les plantes avec ordre & symmétrie, & cela,
non-seulement pour que l'œil en fût
plus agréablement flatté, mais encore
afin que la nourriture se trouvât également partagée.

D. Combien cet Art renferme-t-il de parties ?

R. Cet Art renferme deux parties. La premiere eſt celle de donner une forme réguliere au terrain , comme celle de cercle , d'ovale ou de triangle , ſelon la diſpoſition du lieu , ou de le diſtribuer par étage en pluſieurs de ces différentes figures , ſi on ne peut le réduire en une ſeule , ni en corriger autrement l'inégalité. La deuxieme eſt de diſtribuer en différentes claſſes , & comme en autant de colonies partagées par de vaſtes allées , les différentes eſpeces de plantes , enſorte qu'on puiſſe s'approcher de chaque claſſe & de chaque plante en particulier , ſans nuire à celle qui eſt voiſine , obſervant d'approcher ou de reculer de la vue celles qui ſont plus ou moins agréables.

D. Quels ſont les plus anciens jardins arrangés dans ce goût-là ?

R. Ceux de Babylone ou de Sémiramis ſont fameux. C'étoit un quarré très-vaste, très-élevé , & soutenu par des voûtes appuyées les unes sur les autres. Ce quarré s'élevoit de quatre côtés par étages , & chaque étage formoit une terrasse sur laquelle on montoit par trois escaliers de dix pieds de largeur. L'eau , par le moyen des pompes , étoit portée jusques sur le plus élevé de ces jardins , d'où elle se distribuoit dans tous les autres par le moyen des canaux.

D. N'y a-t-il point d'autre jardin célebre dans l'antiquité , outre ceux de Babylone ?

R. On loue beaucoup ceux du jeune Cyrus. Il est dit que des Ambassadeurs étant allés vers ce Prince , le trouverent occupé à tailler ses arbres ; ils ne purent s'empêcher d'admirer la beauté de son travail , sur-tout le quinconce , que formoient les allées d'arbres , qu'il avoit lui-même plantés , & la sagesse de ce Prince , qui en avoit dressé un plan si régulier.

D. Que dites-vous des jardins de Versailles ?

R. L'Histoire ne fait mention d'aucun jardin qui approche de la beauté de ceux qu'on voit aujourd'hui en France, sur-tout de la magnificence des jardins & du parc de Versailles, soit pour l'étendue immense du terrain qu'il occupe, l'affluence & le jeu des eaux, qui embellissent & entretiennent la fraîcheur de ces lieux, la richesse des marbres & des métaux qui éclatent de toutes parts, la beauté des statues, soit pour la grandeur & l'élégance du dessin, qui a su apparier la diversité des scenes qui s'y présentent. C'est au célebre Lenôtre que nous sommes redevables de toutes ces beautés; c'est lui qui, à l'élégance de ses ouvrages, savoit mêler un goût de la nature, qui le fait reconnoître par-tout où il a mis la main, comme dans le labyrinthe de Versailles, la salle du bal & l'arc de triomphe.

D. Quel autre Art succéda à l'agriculture?

R. Ce n'étoit pas assez d'avoir

trouvé de quoi foutenir la vie chan-
celante de l'homme , il falloit encore
dequoi rétablir fa fanté , fi elle venoit
à s'altérer. C'eft pour cela qu'après
une longue fuite d'expériences , on
créa l'art de la Médecine , qui renferme deux parties , l'une de prévenir les maladies , l'autre de les gué-
rir.

D. En quoi confiftoit l'art de prévenir les maladies ?

R. Cet art , fi connu des Anciens , & fi fort négligé de nos
jours , confiftoit dans le régime &
l'exercice du corps. Les Anciens mangeoient peu, ils ne faifoient propre-
ment qu'un repas , vers les quatre
heures du foir ; ils n'avoient pas encore trouvé l'art d'irriter l'appétit ,
lorfque l'eftomac ne fent aucun befoin. Le fucre , & les liqueurs qui
font devenues fi familieres depuis fon
ufage , leur étoient inconnus ; outre
cela , ils s'exerçoient beaucoup à la
courfe , à la lutte , à nager, à monter

à cheval, à lancer le difque , des fleches, à marcher chargés d'une armure d'une pefanteur énorme. Un de ces Guifes qui fe font rendus fi célebres dans la Ligue, defcendit à cheval, & au grand galop , l'efcalier de la Sainte-Chapelle de Paris : c'eft que la néceffité d'employer toutes leurs forces dans les combats leur rendoit auffi ces exercices néceffaires. Enfin, chez les Anciens, il y avoit peu de ceux que nous nommons praticiens , financiers, hommes de plume, de cabinet ; mais beaucoup de ceux qui étoient occupés aux arts , à cultiver la terre, & au pénible métier de la guerre. La politique n'avoit pas encore trouvé le fecret d'attacher des privileges & des diftinctions à des charges inutiles à l'Etat, pour ruiner les particuliers en flattant leur orgueil.

D. N'y avoit-il pas un art particulier pour fe faire un corps fain & robufte ?

R. Oui; & c'étoit celui des Athle-
tes. Ils ne mangeoient rien de ce qui
pouvoit tant soit peu aigrir le sang ;
ils s'abstenoient des plaisirs violents ,
& ils se fortifioient les nerfs par des
onctions fréquentes , & par des exercices sagement ménagés ; ils augmen-
toient leurs forces jusqu'au point de
porter un bœuf dans toute la longueur
d'une stade , ou de faire sauter d'un
coup de poing les dents à un cheval.

D. Au défaut de cet art , quel
autre moyen a-t-on employé pour
conserver ou réparer la santé ?

R. On a employé la médecine pro-
prement dite : or , par médecine pro-
prement dite, nous entendons , non-
seulement la science des maladies & des
remedes, mais encore la Chirurgie; car
on ne mit gueres de différence entre ces
deux arts , que vers le onzieme siecle,
lorsque tout le monde étoit plongé
dans l'ignorance, que les Moines furent forcés d'exercer la Médecine ,

& de laisser à d'autres la Chirurgie, pour ne point répandre de sang.

D. A qui sommes-nous redevables de la Médecine?

R. Au hasard & aux animaux, dont l'instinct, plus sûr que la raison humaine, leur apprit, sans réflexion, les moyens de se purger, de se soigner, & d'étancher leurs plaies. La Médecine, dit Pline, a appris un de ses remedes de l'Hipopotame; car cet animal, se sentant trop replet & trop gras, va sur le rivage, cherchant les roseaux dont la coupe est la plus récente; dès qu'il en a trouvé un bien pointu, il se presse sur la pointe, s'en pique une veine de la jambe, &, par le sang qu'il en fait couler, se délivre des incommodités qu'il lui causoit; ensuite il ferme avec du limon l'ouverture de la veine. Le même Auteur nous dit qu'on raconte quelque chose de semblable d'un oiseau qui se trouve en Egypte, & qu'on nomme

nomme Ibis ; avec fon bec crochu , il fe feringue de l'eau dans le canal par où il importe à la fanté que les excrements fe vuident. Les Cerfs & les Chevres fauvages nous ont appris que le dictame étoit propre pour faire fortir les flèches , dès que fe fentant frappés d'un trait , ils mangent de cette herbe , & le fer fort : c'eſt en mangeant de cette même plante , qu'ils fe guériſſent , lorfqu'ils ont été piqués par l'Araignée phalange , ou par quelqu'autre infecte. Le dictame eſt auſſi un excellent remede contre les morfures des Serpents , & cette découverte eſt due au Léſard , qu'on a remarqué recourir au dictame pour prendre de nouvelles forces , lorfqu'il a été bleſſé par l'eſpece de Serpent avec lequel il eſt toujours en guerre. Les Hirondelles ont fait connoître que la chélidoine étoit très-falutaire à la vue , parce qu'elles en frottent les yeux de leurs petits quand ils y ont mal. Le Serpent a auſſi appris l'u-

D.

sage du fenouil & du genevrier ; car quand sa vue est obscurcie à cause de la longue retraite qu'il a gardée pendant l'hiver , pour éclaircir ses yeux, il va les frotter contre le fenouil ; & si ses écailles sont amorties , il va se frotter contre un genevrier. Le Dragon se sert de laitue sauvage , pour purger sa bile au printemps. Ne sont-ce pas les Araignées qui nous ont appris à tendre des filets ? N'est-ce pas des animaux que nous avons tiré nos connoissances sur la navigation ? Quand les Grues , dit Aristote , passent la mer pour gagner des pays plus chauds, elles forment la figure d'un triangle. Par l'angle de devant elles fendent l'air qui leur résiste : aux côtés , elles battent des ailes , & cela leur sert comme de rames , pour faciliter leur course ; la base de leur triangle est aidée des vents , qu'elle a comme en poupe : les Grues , qui sont derriere, appuyent leur cou & leur tête sur celles qui les précedent : mais celle

qui les guide , ne pouvant avoir ce
foulagement parce qu'elle n'a pas de
quoi s'appuyer , revient à la queue
pour fe repofer. Une de celles qui
ont pris du repos la remplace , &
pendant tout le chemin qu'elles ont
à faire , le même ordre s'obferve.
Qu'il eft beau de voir un Ecureuil fur
fon écorce, comme fur une barque ,
paffer les mers , guidé par les vents,
qui dirigent fa queue recombée fur
fa tête en forme de voiles. On feroit
infini fi l'on rapportoit toutes les inventions que nous devons aux animaux,
fuivant le rapport des anciens Na-
turaliftes.

D. Par qui la Médecine fut-elle
d'abord exercée ?

R. Comme il n'y avoit pas encore
dans le commencement de corps de
Médecine, & que cette fcience étoit
répandue dans le public, chacun étoit
non-feulement fon Médecin , mais encore fouvent celui des autres. Un ancien Auteur rapporte que , dans une

Ville d'Affyrie, il y avoit au milieu de la Place un Hôpital public, ouvert à tout le monde, où chaque habitant alloit preferire le remede dont il avoit auparavant éprouvé la vertu.

D. Quand la Médecine fut-elle rédigée en un corps de fcience ?

R. Ce ne fut qu'après un temps confidérable qu'on parvint à faire de la Médecine une fcience complette, en ramaffant les différentes expériences qui s'étoient faites dans tous les pays, & en les rangeant par ordre. La plus ancienne collection qui nous refte de ces expériences, eft celle d'Hypocrate, qu'on n'a fait qu'augmenter dans la fuite des temps, à mefure que les découvertes fe font multipliées.

D. Quelle autre importante découverte a-t-on fait dans la Médecine, en ces derniers temps ?

R. La plus grande qu'on ait faite, celle qui a apporté le plus de changement dans cet art, eft celle de la circulation du sang. Guillaume Harvei, fameux Médecin Anglois, qui fut pendant plusieurs années Médecin du Roi Charles I, est celui à qui on attribue généralement la découverte de la circulation du sang. On combattit d'abord vigoureusement cette nouvauté ; mais on fut contraint de céder à l'évidence des démonstrations du Médecin Anglois, qui mourut l'an 1657. Il y en a qui croient que Servet, brûlé à Geneve l'an 1553, à cause des erreurs qu'il publia, principalement sur la Trinité, en avoit parlé dans un de ses livres. D'autres remontent bien plus haut, & font honneur de cette découverte au Médecin Hypocrate. Quoi qu'il en soit, il est vrai de dire que ce ne fut que par le Médecin Harvei que cette découverte fut mise en évidence & qu'elle opéra de grands changements dans l'art de traiter les malades. Le microscope vint au secours du raisonnement ; & à l'aide de cet instrument,

on vit le fang circuler auffi fenfible-
ment qu'on voit le Rhône & la Seine
circuler dans les campagnes.

D. Quel changement apporta dans
la Médecine la découverte de la circulation du fang ?

R. Dès-lors tomba l'ancien fyftême
des humeurs peccantes, du combat
des qualités occultes, qu'on avoit regardé jufqu'alors comme la fource de
toutes les maladies. D'un principe
tout différent, on tira des conclufions
entiérement oppofées, qui nous gui-
derent dans quantité d'opérations.
C'eft à la lueur de ces nouvelles découvertes, qu'on fe hafarda de faire
dans le corps humain l'infufion d'un
fang étranger, & d'inférer la petite
vérole dans les veines des enfants.

Cette découverte fit encore qu'on
s'appliqua avec une nouvelle ardeur à
connoître le corps humain. Chaque
jour c'étoit une nouvelle découverte :
l'un trouvoit la communication du
chile avec le fang ; les autres apper-

cevoient les veines deſtinées à cette circulation ; un autre trouvoit les canaux de ces liqueurs. Pour mieux réuſſir, on ſe partagea le travail : les uns s'appliquerent aux yeux, les autres prirent le cerveau pour l'objet de leur étude ; ce qui produiſit les progrès ſurprenants, que la Médecine & la Chirurgie firent depuis.

D. A quoi ſommes-nous redevables de la jouiſſance des biens éloignés de nos Contrées ?　De la Navigation.

R. A la navigation, par le moyen de laquelle l'ancien & le nouveau monde ſe donnent la main, & ſe prêtent mutuellement du ſecours.

D. Qu'étoit-ce que la Navigation dans ſes commencements ?

R. Pour ſavoir ce que c'étoit, il ſuffit de ſe rappeller l'état où ſe trouverent les Amériquains, lorſqu'on aborda dans leur continent. C'étoient des Pêcheurs, qui côtoyoient le rivage en nageant, & qui, pour ſe ſoulager, conduiſoient avec eux un tronc

d'arbre creufé, fur lequel ils fe re-
pofoient de temps en temps. Quand
ils virent aborder fur le rivage des
vaiffeaux armés en guerre, vomiffant
de tous côtés le fer & le feu, & des
hommes montés fur des chevaux cou-
rir dans la plaine, ils s'imaginerent
voir des monftres defcendus du Ciel,
auquel ils croyoient que touchoient
ces hautes montagnes d'eau qu'ils
avoient devant les yeux.

D. Par quels degrés parvint-on à
porter à un fi haut point de perfection
l'art de naviger ?

R. D'abord ce n'étoit qu'une fimple
rame, enfuite on les multiplia, on
parvint enfin à doubler les rangs des
rameurs. Quelqu'un remarqua l'ufage
que font les oifeaux de leur queue
pour nager dans les airs, & conf-
truifit un gouvernail fur ce modele.
Un autre profitant des lumieres de
celui qui l'avoit devancé, donna au
vaiffeau des ailes ou des voiles, qu'un
troifieme fit jouer dans tous les fens,

à

à peu près comme les Oiseaux font jouer leurs ailes pour profiter des vents contraires. C'est ainsi que petit à petit l'Art s'achemina à sa perfection.

D. N'y a-t-il pas de distinction entre les vaisseaux ?

R. On les distingue en vaisseaux de guerre, vaisseaux armés en guerre, en marchandises, & bâtiments de charge.

D. N'y a-t-il point de distinction dans les vaisseaux de guerre ?

R. On les distingue en cinq rangs, & cette distinction consiste dans la longueur de la quille, dans le nombre des canons & des hommes qui forment l'équipage, dans la force ou la légéreté des manœuvres, dans la qualité & l'épaisseur des bois qu'emploie le Maître constructeur.

D. Apprenez-nous ce détail.

R. Les vaisseaux du premier rang portent depuis 90 pieces de canon, jusqu'à 110, & ils ont depuis 900

E

hommes d'équipage , jusqu'à 1150. Leur charge est de douze à quinze cents tonneaux : ils sont les seuls qui aient deux ponts prolongés depuis l'étrave jusqu'à l'étambot.

Ceux du second rang portent , depuis 70 pieces de canon , jusqu'à 76, & ils ont depuis 500 jusqu'a 550 hommes d'équipage.

Ceux du troisieme rang portent depuis 56 pieces de canon jusqu'à 66, & ils ont depuis 330 jusqu'à 460 hommes d'équipage.

Ceux du quatrieme rang portent depuis 40 pieces de canon jusqu'à 50, & ils ont depuis 250 jusqu'à 300 hommes d'équipage.

Ceux enfin du cinquieme rang portent depuis 30 pieces de canon jusqu'à 32 , & ils ont depuis 170 jusqu'à 180 hommes d'équipage.

D. Quel est le nom des autres bâtiments destinés pour la guerre ?

R. Ce sont des Frégates légeres, qui ne sont montées que depuis 16 jufqu'à 40 pieces de canon ; elles font légeres à la voile , & n'ont qu'un pont.

Les Brûlots font des bâtiments chargés de feu d'artifice , que l'on tâche d'accrocher aux vaiffeaux que l'on veut faire brûler.

Les Galiotes à bombes , qui ne peuvent fervir que dans un calme , parce que ce font des bâtiments de bas-bord , comme les Galeres qui vont à voiles & à rames.

D. Quels font les autres bâtiments dont on fe fert fur mer , foit pour le commerce , foit pour d'autres ufages ?

R. On donne le nom de Flûtes à tous les bâtiments qu'on fait fervir de Magafin ou d'Hôpital à l'Armée navale , & ils fervent quelquefois à tranfporter des troupes.

Les Barques font des bâtiments à trois mâts, un grand , un de mifaine, & un d'artimon ; la Barque longue eft fans pont , & va à voiles & à rames.

E 2

Les Tartanes, fur la Méditerranée, font des Barques qui n'ont qu'un arbre de maître, & un de mifaine.

Les Brigantins font de petits vaiffeaux fur la Méditerranée, de basbord, qui vont à voiles & à rames. Ce bâtiment eft léger & propre aux Corfaires.

Les Chaloupes font de petits bâtiments deftinés au fervice, à la communication des vaiffeaux, & à faire de petits trajets. La Felouque eft la même chofe fur la Méditerranée.

La Corvette eft comme une barque longue qui va à voiles & à rames. Il y en a toujours à la fuite d'une Armée navale, pour aller à la découverte, & pour porter des nouvelles.

L'Yacht eft un bâtiment ponté, qui a un grand mât, un mât d'avant & un bout de beaupré : il fert ordinairement à des promenades ou à de petites traverfées.

D. Quelles font les principales parties du vaiffeau ?

R. Ce font la quille, qui eft la bafe & le fondement du vaiffeau, & qui eft d'une ou de plufieurs pieces de charpente mifes au bout l'une de l'autre, fur laquelle eft appuyé le corps du vaiffeau. Quand cette piece eft endommagée, le vaiffeau eft en mauvais état.

La proue eft l'avant du vaiffeau, foutenu par l'étrave, au-devant duquel eft l'éperon, qui fert à fendre l'eau pour le paffage du bâtiment.

La poupe eft l'arriere du vaiffeau, l'endroit où le gouvernail eft attaché.

Le château de poupe eft compofé de trois ou de quatre étages, le plus bas au fond de cale eft la fonde au bifcuit & la fonde aux poudres, la fainte-barbe eft pour les canonniers, où le timon eft d'ordinaire; enfuite la chambre du Capitaine, devant laquelle eft la bouffole; au-deffus eft la dunette, fur laquelle on met une fentinelle.

Les ouvertures qui font dans les

côtés du vaisseau se nomment sabords, qui servent à placer les pieces d'artillerie : il y a dans un vaisseau
autant de rangs de sabords que de
ponts.

Les autres pieces considérables du
vaisseau sont les mâts , auxquels on
attache les vergues & les voiles, pour
recevoir le vent nécessaire & pour
naviger.

D. Combien y a-t-il de mâts dans
les grands vaisseaux ?

R. Il y en a ordinairement quatre,
& quelquefois on y en ajoute un cinquieme , qui est un double artimon ;
le grand mât ou le mât de maître est le
principal ; le second est le mât de
misaine ou mât d'avant, qui est entre
le grand mât & la proue ; le troisieme est l'artimont qui est entre la
poupe & le grand mât ; le quatrieme
est le mât de beaupré , qui s'appuie
sur l'éperon à la proue : ces mâts ont
une ou plusieurs jointures qui ont
chacune leur nom.

D. Les voiles n'ont-elles pas des noms particuliers ?

R. Elles portent le nom des mâts auxquels elles font attachées avec leurs vergues ou leurs antennes, qui font de pieces de bois plus grofles dans le milieu que dans les deux extrêmités ; la figure en eft quarrée ou triangulaire. De cette derniere figure font prefque toutes les voiles de la Méditerranée.

D. Combien met-on ordinairement de voiles aux grands vaiffeaux ?

R. On en met dix , & on les augmente par les côtés felon le befoin. Celles des Chinois font faites de jonc.

D. Le terme de voile n'a-t-il pas plufieurs fignifications ?

R. Il en a beaucoup , & celui de vent auffi.

On dit faire voile , ce qui fignifie partir ; jet de voile eft l'appareil complet de toutes les voiles d'un vaiffeau : fe tenir fous les voiles, c'eft lorfque

les voiles du vaisseau font déployées;
régler ses voiles, c'est déterminer la
quantité qu'il en faut déployer; forcer
de voiles, c'est les faire toutes servir;
serrer de voiles, c'est ne s'en servir
que d'une partie; caler les voiles ou
amener les voiles, c'est les faire descendre avec leur vergue le long du
mât.

Le mot de vent a aussi plusieurs
significations, & on n'en parle sur la
mer que par rumbs, demi-rumb,
quart de rumb, demi-quart de rumb,
qui font des lignes tracées en lignes
droites sur les cartes marines, & qui
font marquées sur la rose de la bouf-
sole ou compas de mer, qui sert à
diriger la route d'un vaisseau d'un lieu
à un autre.

D. En combien de parties divise-
t-on les vents ?

R. En trente deux, & on les sub-
divise par rumb.

On dit mettre la voile aux vents,
ce qui signifie partir; avoir vent ar-

tiere ou en poupe , ou bon vent , ce qui eſt la même choſe ; vent de quartier , celui qui ſouffle de côté ; vent à la bouline , qui ſe prend de côté ; vent devant ou contraire , eſt celui qui ſouffle du côté de la proue ; mettre le vent ſous les voiles , c'eſt empêcher que les voiles ne prennent le vent ; vent gaillard ſignifie le beau tems ; gagner le vent , être au vent du vaiſſeau , ou avoir l'avantage du vent , c'eſt la même choſe ; être ſous le vent , c'eſt avoir le déſavantage du vent ; tomber ſous le vent , c'eſt prendre l'avantage du vent ; on dit , le vent tombe , quand il ceſſe d'en faire , & que le temps devient calme.

D. Qu'entendez-vous par leſter un vaiſſeau ?

R. J'entends une certaine quantité de ſable , de cailloux ou de fer , que l'on met au fond de cale , pour faire enfoncer le vaiſſeau dans l'eau , & le tenir en eſtive ou aſſiette. On ôte le leſt à chaque campagne.

D. Quels furent les premiers voyages qu'on entreprit sur mer ?

R. Les premiers voyages qu'on tenta sur mer, furent d'abord fort courts, encore ne saisoit-on que doubler le rivage, sans perdre la terre de vue. Ce ne fut peut-être qu'à la faveur de quelque tempête qu'on découvrit quelque pays, & qu'on entreprit des voyages d'un plus long cours.

D. Qui empêchoit de s'exposer, comme aujourd'hui, en pleine mer & aux fureurs de l'Océan ?

R. L'unique empêchement à cette entreprise étoit le défaut de direction ; car, comme on n'avoit que l'étoile polaire pour se guider, & que le jour ou les trop grandes ténebres de la nuit la déroboit la plus grande partie du temps aux yeux du Pilote, souvent on alloit à gauche, lorsqu'on pensoit aller à droite, au risque, à chaque instant, d'aller donner dans quelques rochers & d'y échouer.

D. Par quel moyen tous ces

inconveniens ont - ils difparu ?

R. L'invention de la Bouffole ou
de l'aiguille aimantée, dont on commença à faire ufage dans le treizième
fiecle. Les anciens connoiffoient bien
l'aimant & la vertu qu'il a d'attirer le
fer ; mais on a été jufqu'au fiecle
dont nous parlons, fans remarquer la
propriété qu'il a, & qu'il donne au fer,
de tourner vers le pole, propriété fi
favorable aux Nautonniers pour les
guider auffi-bien le jour que la nuit.
C'eft à Jean Goya, Marinier de Mel-
phi, qu'on doit une découverte fi précieufe.

D. Qui fut le premier qui fit ufage
de la Bouffole ?

R. Barthelemi Dias, Portugais ;
avec ce nouveau guide, abandonna
l'ancienne route des Indes, & en
tenta une nouvelle en doublant la
pointe de l'Afrique, qu'il nomma le
Cap des Tourmentes, & qu'on a
appellé depuis le Cap de Bonne-Ef-
pérance.

D. Quels nouveaux avantages les longs & fréquents voyages sur mer apporterent-ils à la navigation ?

R. Un de ces avantages est qu'ils servirent beaucoup à perfectionner la Carte Marine, & qu'avec ce nouveau secours on voyagea presqu'aussi sûrement sur mer que sur la terre.

D. Quel est le chef-d'œuvre de la navigation ?

R. C'est la découverte du nouveau Monde. Christophe Colomb, né en 1442 dans un village du terroir de Gênes, ayant remarqué qu'un vent d'Ouest avoit coutume de souffler avec assez d'égalité pendant plusieurs jours de suite, jugea qu'un tel vent ne pouvoit être occasionné que par des terres. Dans cette persuasion, il part du Port de Palos en Estramadoure ; & au bout de deux mois, il arrive dans l'Isle de Cuba & de Sainte-Catherine, qui touchent au continent de l'Amérique.

D. Quelles sciences se perfecſionnerent avec la navigation ?

R. On reconnut que la terre étoit ronde ; car en s'avançant vers le Sud, on vit les étoiles polaires s'abaiſſer, & les auſtrales s'élever. On avoit déja de fortes conjectures que la terre tournoit ſur ſon centre, depuis qu'avec le ſecours du Téleſcope, on a remarqué que Mars & Vénus tournoient ſur le leur ; on n'en douta preſque plus, lorſqu'on vit qu'un vent d'Orient ne ceſſe de ſouffler entre les deux tropiques, dans l'un & l'autre hémiſphere. Enfin, les anciens s'imaginoient qu'on ne pouvoit habiter ſous l'Equateur & ſous le Pole ; mais on fut entiérement détrompé, lorſqu'on eut paſſé & repaſſé pluſieurs fois ſous la ligne, lié commerce avec ceux qui habitent directement ſous le ſoleil, & qu'on eut fait pluſieurs voyages au-delà des cercles polaires.

D. Après les Arts dont vous venez de parler, quel eſt l'Art le plus utile ?

Des Arts moins néceſſaires qu'utiles.

R. C'eſt l'Art d'écrire. C'eſt par cet Art que nous converſons avec les abſents ; que nous profitons des entretiens de ceux qui ſont morts ; & que, ſans ſortir de notre maiſon, nous pouvons en même temps & en cent lieux différents, faire connoître nos penſées.

D. Quels ont été les Auteurs de l'Art d'écrire ?

R. On croit communément que ce furent les Phéniciens, qui ayant remarqué que, pour communiquer nos penſées, nous n'employons que cinq ſons radicaux, exprimés par cinq voyelles, a, e, i, o, u, modifiés chacun de vingt-trois ou de vingt-quatre façons, inventerent des caracteres propres à exprimer ces différents ſons, & à faire paſſer par les yeux nos penſées dans l'eſprit de ceux qui nous liſent.

D. Quels ſignes tenoient lieu de l'écriture, avant qu'on eût découvert cet Art ?

R. Ils se servoient de figures symboliques ou hiéroglyphiques, telles qu'on en emploie encore dans les devises. Ainsi, pour exprimer qu'il falloit prendre la fuite aux approches du débordement du Nil, on exposoit, dans toutes les Villes d'Egypte, la figure d'un chien qui aboie, avec des ailes aux pieds. C'est en cette sorte de caracteres que toutes les loix, au bout d'un certain temps, se trouverent écrites dans toutes les places publiques. Tel fut le premier usage de ces figures bisarres, qui devinrent dans la suite l'objet du culte public, quand on eut perdu la signification de ces symboles. De là les contes fabuleux, & toutes ces fausses divinités que les Poëtes ont inventés pour donner raison de ces figures symboliques, dont ils ne connoissoient plus la vraie signification.

D. Sur quoi grava-t-on les premiers caracteres de l'écriture ?

R. On les grava d'abord sur l'écorce

polie d'une plante qui croît dans les marais de la Baffe - Egypte. Cette plante fe nomme *Papyrus*. Nous n'en avons confervé que le nom. On écrivit encore fur la feconde écorce des arbres, & qu'on nomme communément le *Liber* ; ce qui nous a donné le nom de livre : cette maniere d'écrire fe conferve dans la Chine. On fe fervit enfuite de tablettes fort déliées & enduites de cire. L'inftrument qu'on employoit pour écrire fur ces tablettes, fe nommoit ftyle : ce terme a changé de fignification, & il fignifie aujourd'hui la maniere de s'exprimer. Enfin, Eumedes, Roi de Pergames, fit tranfcrire un grand nombre de livres fur du vélin ou des peaux bien préparées, qu'on nomme encore pour cela en latin *charta Pergamea*. C'eft aux Arabes que nous fommes redevables du papier, dont nous nous fervons maintenant. L'ufage de ce papier paffa d'abord en Allemagne, vers les treizieme & quatorzieme

zieme siecles ; & de là dans toutes
les parties de l'Europe..

D. Donnez-nous quelques détails
sur la maniere dont se fait le papier.

R. On commence par amasser des
chiffons, gros, fins, ou moyens; les
fins donnent le fin papier, & les
gros le gros papier. On met ces chiffons au pourrissoir, où ils restent
environ deux mois. Après les avoir
retirés de la cuve suffisamment macé-
rés par le travail de l'eau, on les fait
passer dans la premiere pile, qui est
un grand mortier garni d'une platine
de fer, où ils sont déchiquetés par
la chûte alternative de plusieurs gros
maillets, garnis de clous de fer,
pointus & tranchants.

La pâte dégrossie de la sorte, est
transportée dans la seconde pile, ensuite dans différentes autres, où elle
est battue jusqu'à devenir une pâte où
l'on n'apperçoive plus ni filaments,
ni flocons. Lorsque la pâte a été suf-

E

fisamment affinée, soit par le travail
du pilon, soit par celui des cylindres,
on la met en réserve pour servir au
besoin.

Quand on veut se servir de la pâte,
on lui donne sa derniere façon sous
des maillets de bois qui la réduisent
de plus en plus. De là elle passe dans
une cuve d'eau nette & tiede, où elle
est fortement remuée par reprises,
afin que l'eau en détrempe également
toute la matiere. Alors il ne s'agit
plus que de jetter la matiere à moule.

Le moule qui doit former la feuille,
est un chassis de bois, de la grandeur
de la feuille, fermé entiérement par
une suite de fils de laiton bien tendus,
très-serrés l'un contre l'autre, & distingués en différentes portions égales,
par autant de fils de laiton un peu
plus gros. L'ouvrier plonge la forme
dans la cuve & la retire chargée de
cette pâte liquide, dont le superflu
s'écoule à l'instant par les insterstices
des fils de laiton ; mais il en reste une

quantité suffisante, que l'ouvrier étend
sur la forme avec égalité, en la se-
couant doucement de droite & de
gauche, & d'avant en arriere. Par
ces mouvements, les parties de cette
pâte se précipitent, à cause de leur
fluidité, dans un niveau parfait,
comme on voit l'eau se mettre par-
tout de niveau ; ses parties s'accro-
chent, s'affaissent, se dessechent, &
devenues solides, elles font une feuille
de papier ; alors l'ouvrier la jette &
la fait tomber sur un morceau d'é-
toffe tendu pour la recevoir. On la
couvre d'une autre piece d'étoffe semblable : on accumule ainsi plusieurs
feuilles, & lorsqu'il y en a un assez
gros tas, on les met sous la presse
pour en faire sortir l'humidité. On
leve ensuite les feuilles, on les étale
sur une grande planche où l'air les
affermit par un nouveau degré de sé-
cheresse. On les remet sous la presse,
d'où on les tire pour les plonger dans
la colle. Ensuite elles font remises

fous la preffe, qui force cette colle
à s'infinuer dans les plus larges pores
ou cavités du chiffon, & fait rejeter
la colle fuperflue. Enfin, on fait
fécher le papier, on le liffe avec une
pierre un peu frottée de graiffe de
mouton, on le plie en deux, & on
l'affemble en main & en rame.

D. Combien de temps fut-on fans
trouver l'Imprimerie ?

R. On ne trouva l'Imprimerie que
dans le quinzieme fiecle. Cependant
il paroît que rien n'étoit plus aifé
aux Egyptiens, aux Grecs & aux
Romains que d'en concevoir l'idée,
après qu'ils eurent trouvé l'Art de
graver des caracteres fur la pierre &
fur les métaux ; mais la difficulté de
faire des planches, & l'inutilité de
ces planches, lorfqu'on s'en eft fervi
une fois, dégoûtoit les ouvriers. Ce
ne fut qu'au commencement du quinzieme fiecle qu'un Allemand s'avifa
de féparer les caracteres, de les réunir, de les changer, & trouva par

conféquent le moyen de les faire fervir à toute forte d'ouvrage.

D. Faites-nous l'hiftoire de cette
découverte.

R. Jean Guttemberg, de Mayence,
eut vers 1440 la premiere idée de ce
nouvel Art. Il y épuifa fes fonds fans
réuffir, & s'affocia Jean Fauft,
homme riche de la même Ville, &
Pierre Schoëffer, de Gernsheim, Clerc
du Diocefe de Mayence. Leurs premieres impreffions fe faifoient fur des
planches de bois, de la même maniere qu'il fe pratiquoit dès auparavant à la Chine & au Japon. Cette
maniere d'imprimer laiffoit des in-
convénients, & donnoit peu de pro-
fit. Jean Fauft imagina de travailler
avec des caracteres féparés, qu'on pût
affembler, défunir & employer à
différentes feuilles d'un même ouvrage, puis à des ouvrages nouveaux.
Les caracteres furent d'abord de bois,
enfuite de divers méraux, & tous
reftoient groffiers, informes & de

mauvais fervice, jufqu'à ce qu'enfin l'induftrieux Schoëffer réuffit à faire les caractères parfaits par un mélange convenable de métaux, de cuivre rofette, du plomb, du regule d'antimoine. Le premier fruit de cette découverte eft la belle Bible fans date, exécutée entre les années 1450 & 1455, dont Fauft apporta des exemplaires à Paris, qu'on y conferve encore. Guttemberg fe dégoûta de la fociété, & s'en fépara dès avant 1455. Il aila réfider tour à tour à Strasbourg, à Harlem, puis revint de nouveau à Mayence, où il mourut vers 1468. L'établiffement de fon Imprimerie à Strasbourg, où il travailla avec Jean Mentel, & à Harlem, où il travailla apparemment avec Laurent Cofter, a fait croire après coup que c'étoit dans l'une ou l'autre de ces deux Villes qu'il falloit chercher le berceau de l'Imprimerie.

D. Quelles furent les premieres Imprimeries ?

R. Les premieres Imprimeries furent toutes à des Savants du premier ordre, comme les Etiennes, les Manuces & les Plantin. Vinrent après les Janſſon, les Colines, les Vaſcoſan, les Patiſſon, les Griphes, les Morel, les Vitré, les Nivelles, les Cramoiſy, &c. Tous ces illuſtres Imprimeurs étoient des Savants du premier ordre, qui compoſoient pour occuper leurs preſſes.

D. Donnéz-nous une idée générale d'une Imprimerie ?

R. Il y a dans une Imprimerie deux ſortes d'ouvriers. Les uns travaillent à la caſſe, d'où ils levent les lettres les unes après les autres, pour en compoſer des mots, des lignes & des pages. Ces ouvriers, nommés Compoſiteurs, placent enſuite les pages ſelon l'ordre qui leur convient, les garniſſent des bois qui doivent faire les marges, & ſerrant le tout fortement dans un chaſſis de fer, ils en font une planche appellée forme.

Les autres ouvriers travaillent à la preſſe, ſous laquelle il font prendre au papier blanc l'empreinte de la forme à laquelle ils ont mis de l'encre.

De la Verrerie.

D. Quelle eſt l'origine de la Verrerie ?

R. Pline raconte dans ſon Hiſtoire Naturelle, que des Marchands Phéniciens s'étant rencontrés ſur les bords d'une riviere nommée Belus, près du Mont-Carmel, s'y arrêterent pour y prendre leur repas ; que n'ayant point trouvé de pierre pour ſoutenir leur marmite, ils ſe ſervirent d'un morceau de nître qu'ils portoient avec eux ; que le nître fondu avec la cendre, par l'action du feu, laiſſa appercevoir la matiere tranſparente du verre, qui devoit être très-groſſiere ; mais il n'en falloit pas davantage pour donner l'idée de perfectionner cette invention.

D. L'uſage du verre eſt-il fort ancien ?

R.

R. Quoiqu'on eût trouvé en Egypte
l'art de façonner le verre, de le
cizeler & de lui donner diverses figures en le soufflant dans des moules,
l'usage en fut fort rare pendant long-
temps. A son défaut, les Orientaux
se servoient de treilles ou de rideaux.
Les Romains fermoient l'ouverture
de leurs maisons avec une pierre
transparente, qu'ils tailloient en lames
fort minces, & qu'ils nommoient
Lapis specularis. Ce n'est que dans le
Septentrion que l'usage du verre est
devenu plus commun à cause du froid.

D. Quelles sont les matieres du
verre ?

R. Ces matieres sont de deux es-
peces principales ; les unes sont sa-
lines, & fusibles par conséquent, &
les autres sont terreuses. Ces matieres
traitées séparément, ne pourroient
faire du verre ; mais c'est de leur
union & de leur juste proportion, à
l'aide d'un feu convenable, que ré-
sulte le bon verre.

G

Les matieres falines qu'on fait entrer dans le verre, font les fels alkalis fixes purifiés, comme le fel de tartre, le fel de potaffe, la cendre gravelée, le fel de foude, le fel qu'on tire des cendres de bois neuf. On fait entrer encore dans la compofition du beau verre blanc nommé cryftal, une certaine quantité de chaux de plomb, telles que le minium, la litharge, le blanc de cérufe & le mafficot.

Les matieres terreufes qu'on emploie dans la compofition du verre, font les cailloux, le cryftal de roche, les fables, parce que toutes ces matieres font fufibles; on y ajoute des matieres propres à fe réduire en chaux, comme la craie, le moëllon réduit en poudre, la chaux vive & éteinte à l'air, &c.

Le verre commun fe fait avec de la foude non leffivée, du fable & de la charrée.

D. Donnez-nous une légere idée de la fabrique des verres.

R On commence par faire calci-
ner les matieres pendant vingt-quatre
heures, dans des fours faits exprès.
Cette opération fe nomme *fritter*,
& la matiere ainfi calcinée fe nomme
fritte. Les matieres ainfi frittées font
mifes dans les creufets pour les ou-
vraux. Alors on fait un grand feu
dans le four, & on le continue pendant douze ou quinze heures, jufqu'à ce que le verre foit bien fondu.
En cet état, on écume la matiere,
pour enlever les fels qui ne font pas
vitrifiés.

Lorfque le verre eft en état d'être
employé à faire des bouteilles, un
ouvrier plonge dans le creufet une
efpece de canon à fufil, ou tube de
fer, appellé felle ; il en retire une
petite maffe de verre, & réitere jufqu'à ce qu'il en ait une quantité fuf-
fifante. Après quelques autres difpo-
fitions, un autre ouvrier prend la felle,
lui donne un léger mouvement en
tournant, la plonge dans un moule

de fer où il la tourne en foufflant
en même temps dans la felle. La
bouteille prend la figure de ce moule.
Après quelques autres manutenfions
pour former le cul de la bouteille
& fon collet, on porte la bouteille
dans un four pour la recuire.

D. A quel ufage a-t-on fait fervir
le verre, après qu'on l'eut employé
aux vîtres ?

R. Il ne fut pas difficile de le faire
fervir aux glaces. Les premieres qu'on
vit furent celles de Venife. C'eft de
là que la France tiroit autrefois fes
glaces. Aujourd'hui la France en four-
nit l'Europe entiere ; & au lieu de
glaces de quarante ou cinquante pouces de hauteur qu'elle recevoit autrefois d'Italie, elle y en envoie aujourd'hui de quatre - vingt - dix, &
même de cent pouces. La maniere de
les conftruire eft fort fimple : on
prend de la foude & d'un fable très-
blanc , que l'on prépare bien & avec
plus d'exaĝitude que pour faire le

verre. On répand la matiere du verre
fondu fur une table d'airain , fur laquelle on l'étend en faifant rouler
pardeffus un cylindre de bronze , ou
bien on souffle cette matiere comme
les enfants soufflent une boule de fa-
von. On perce cette boule par les
deux extrémités , puis on l'étend en
la coupant en long.

D. A quoi fe réduit le travail des
Miroitiers ?

R. A prendre une glace, à la
mettre au tain , c'eft-à-dire à appliquer à un des côtés de la glace un
mélange d'étain & de vif-argent , enfuite on l'encadre pour la foutenir.

D. Qu'eft - ce qu'un miroir ardent ?

R. C'eft un verre concave dont la
configuration admet de telle forte les
rayons du foleil, qu'à une certaine
diftance ils fe croifent & fe réu-
niffent en un point , qu'on nomme
foyer. Le plus grand qu'il y ait, eft
celui de l'Obfervatoire de Paris. Il

pese 160 livres , & il n'y a point de métal qui réfiste à son foyer.

D. Qu'eſt-ce qu'un microſcope?

R. C'eſt un verre convexe , dont l'effet eſt d'augmenter le volume des objets.

Un verre de montre eſt convexe en dehors & concave en dedans.

D. A qui ſommes nous redeva-bles des lunettes d'approche?

R. Les lunettes d'approche ſont en-core un préſent du haſard. Jacques Metius, Hollandois, travaillant l'an 1609 à faire des verres ardents, s'aviſa de regarder à travers deux de ces verres , & il vit avec ſurpriſe les objets ſe rapprocher & groſſir pro-digieuſement. Il fit part de ſa décou-verte à d'autres , qui ne fiſent que la perſectionner en montant les verres & en les emboîtant. C'eſt à cet inſ-trument que nous ſommes redeva-bles des plus grands progrès qu'on a faits dans l'Aſtrologie depuis un ſiecle.

D. Donnez-nous une idée de la poterie.

R. On donne le nom de poterie aux ouvrages de terre cuite. L'espece de terre que les Potiers emploient est l'argille ordinaire : ils ont soin d'employer celle qui est peu sableuse ; mais on la lave & on la laisse détremper long-temps dans l'eau pour faire de la faïance & de la porcelaine. La roue & le tour sont presque les seules machines dont les Potiers de terre se servent pour donner la forme à leur poterie.

On doit fixer la naissance de cet Art à l'invention du tour , qu'on attribue à Théodore de Samos. Phidias , célebre Sculpteur , fit servir cette machine aux ouvrages de bois, & Policlete lui donna la derniere perfection.

Les plus beaux ouvrages dont les Anciens fassent mention , sont ceux que faisoient les Toscans , dès le commencement de la République Ro-

maine. Les Romains en faifoient encore tant de cas du temps d'Augufte,
qu'ils les préféroient aux vafes d'or
& d'argent.

D. Quand eft-ce que cet Art commença à fe relever ?

R. Ce ne fut que vers le milieu du
quinzieme fiecle. Alors on fit à Faïance, Ville d'Italie, ces vafes plus fameux encore par l'élégance des deffins que fourniffoit le célebre Michel-
Ange, le plus grand Peintre de l'I-
talie, que par la beauté du coloris.
C'eft de cette Ville que la poterie a
pris fon nom. L'émail de celle qui fe
fabrique à Nevers, à Rouen & à
Seves, près de S. Cloud, eft fi beau
& fon deffin eft fi élégant, qu'elle ne
le cede gueres à celle de la Chine. Le
vernis de celle de la Chine paroît
fondu avec la matiere. La terre en
eft tranfparente & extrêmement légere. La plus recherchée eft la vio-
lette émaillée d'or.

D. De quoi les Potiers de terre

fe fervent-ils pour vernir ou plomber leurs ouvrages ?

R. Ils fe fervent de mine de plomb calcinée, ou de litharge, ou de minium : ils prennent indifféremment celle de ces fubftances qu'ils ont le plus à leur proximité & à meilleur marché. Ils la broient dans des moulins avec de l'eau, pour en faire une bouillie claire, qui s'applique avec une petite quantité de mucilage de gomme arabique, pour faciliter leur adhérence fur les pieces que l'on peint.

Ces différentes préparations de plomb fe fondent pendant la cuite des pieces de terre, & y forment un enduit vitrifié, que l'on nomme vernis.

D. A qui attribue-t-on l'art de domter les chevaux ?

R. Aux Teffaliens, peuples de la Grece. Le grand nombre de chevaux & de taureaux fauvages, qu'attiroient dans leur pays la bonté des pâ-

De l'art de monter à cheval.

turages, les obligea, pour combattre
avec moins de péril ces dangereux
animaux, de les faire servir les uns
contre les autres. Pour cela, ils se
hasarderent à monter le cheval, qu'ils
conduisirent ensuite contre les taureaux : ce qui leur fit donner le nom
de Centaures.

D. Quels sont les inventeurs des
caparaçons & des mords ?

R. On attribue encore cette invention aux Lapithes les plus habiles parmi les Thessaliens à monter & à manier un cheval.

D. Les écoles de Maneges sont-
elles fort anciennes ?

R. Dans l'ancienne Grece, & chez
les Perses, il y avoit des Maîtres
établis pour apprendre aux enfants à
monter à cheval.

Aussi-tôt après le rétablissement
des lettres, l'Italie ouvrit des écoles
de manege, où se rendit des pays
circonvoisins la jeune noblesse ; mais
les François ne furent pas long-temps

fans ôter cet avantage aux Etrangers.
Plurinel établit cet art fur des regles
fi fûres & fi juftes, que bientôt on
fe rendit en France de toute part
pour apprendre à monter un cheval
avec grace. Soleifel, qui vint enfuite,
voyant qu'il n'y avoit rien à ajouter
à ce qu'avoit fait Plurinel pour former
le cavalier, s'attacha uniquement à
bien dreffer le cheval. Dans ce def-
fein, il en étudia toutes les propriétés, la force & les autres bonnes
qualités ; & par ce moyen, il parvint à donner au cheval une force,
une foupleffe & des graces, qu'on
n'avoit point jufqu'alors remarquées
dans cet animal.

D. Depuis quand les étriers, les
felles, les brides font - ils en ufage ?

R. L'ufage des étriers & des felles
date du même temps que l'établiffement du manege en France : c'eft aux
réflexions des premiers Maîtres de
ces écoles que nous devons la com-

modité de ces inventions. D'abord ils
fentirent l'utilité de l'étrier. C'eft ce
qui leur fit imaginer la felle & la
plupart des chofes qui compofent
l'enharnachement du cheval.

D. Quelles font les qualités d'un bon
cavalier ?

R. Trois principales : la premiere
eft d'être ferme fans roideur ; la feconde , vigoureux , fans brutalité ; &
la troifieme , d'être bien affis dans la
felle fans affectation , les épaules également effacées , la tête haute &
droite & la ceinture un peu en avant,
les jambes ni trop ni trop peu éloi-
gnées du cheval , les coudes également tombés , les aides fines & mé-
nagées à proportion de la nature des
chevaux , la main douce ou ferme,
felon la bouche du cheval, & toujours
placée à quatre doigts des boutons
de la vefte du cavalier , & à quatre
doigts du pommeau de la felle. On
appelle *aides* les différents mouvements de la main & des jambes , que

le cavalier emploie pour faire aller
son cheval.

D. Que doit faire un cavalier pour
bien manier son cheval ?

R. Il doit commencer par tâter le
cheval qu'il monte , en le menant la
premiere reprise au pas droit devant
lui ; & lorsqu'il le connoîtra , l'en-
tamer dans son air , dans ses allures,
dans ses mouvements , & le finir en
l'arrêtant droit par le milieu du manege , soit par un trait de courbette ,
ou dans un autre air, qui convienne
aux ressorts & à la force du cheval,
après quoi il faut lui faire faire deux
autres tours au pas & le descendre.
Les courbettes sont des temps d'arrêts
que le cavalier marque à la fin d'une
reprise , en approchant les jambes
près du cheval, en lui appliquant des
coups de gaule sur l'épaule droite ,
auxquels le cheval répond en levant
les jambes de devant & s'asseyant sur
les hanches, en avançant sur une ligne
droite dans la même attitude.

D. Que faut-il faire pour tourner un cheval à droite ou à gauche ?

R. Il faut d'abord le déterminer en avant ; & , fi l'on veut tourner à droite, on y doit porter la main , les ongles en-deſſus ; & fi c'eſt à gauche, c'eſt au contraire les ongles en-deſſous, en portant la main de ce côté.

De la chaſſe & de la pêche. D. De quelles armes les premiers hommes ſe ſervirent-ils pour faire la chaſſe aux animaux ?

R. Ils ſe ſervirent de lances , de javelots & de la fronde. La poudre & les armes à feu font d'un uſage plus récent.

D. Que faiſoient les Habitants des Iſles Baléares , pour obliger leurs enfants à ſe rendre habiles à tirer de la fronde ?

R. Les meres ſuſpendoient au haut d'un arbre le déjeûner de leurs enfants , qui demeuroient à jeun juſqu'à ce qu'ils l'euſſent jetté à bas.

D. Quelles font les différentes manieres de chaffer & de pêcher?

R. Le nombre en eft trop grand pour pouvoir être toutes expofées ici : tout ce que nous pouvons faire, eft de rapporter celles qui font moins communes & plus extraordinaires.

Lorfque les Montagnards du Dauphiné ont remarqué fur quelle pointe de rocher l'Aigle a pofé fes petits, ils obfervent attentivement l'heure à laquelle l'oifeau fort pour aller chercher fa proie ; ils faififfent ce moment pour monter au nid de l'Aigle, dont ils enlevent des Chevreuils & des Lievres entiers ; ils fe contentent d'en donner les entrailles aux Aiglons pour les entretenir, & ne pas les laiffer périr de faim.

Les peuples du Nord ont une méthode particuliere pour attraper les Lievres & les Daims à la courfe. Comme le pays eft tout couvert de neige, ils attachent à leurs pieds des efpeces

des raquettes, au moyen defquelles
ils courent fans enfoncer, & attei-
gnent fans peine les Lievres & les Chevres fauvages, qui ne peuvent que fe
rouler dans la neige.

D. Quels ont été parmi les anciens
peuples les plus fameux pour la chaffe
& la pêche?

R. Les Gaulois fe font diftingués
en ceci comme en bien d'autres. L'im-
menfité des forêts qui couvroient
leurs pays, & la grande quantité de
bêtes qui les habitoient, les invitoit
à cet exercice ; auffi fe piquoient-ils
d'y exceller. Dans chaque bourgade,
il y avoit un grand chêne confacré à
la déeffe Ardema, auquel chaque
chaffeur, au retour de la chaffe, ne
manquoit pas de venir fufpendre la
tête de quelque bête fauve, autant
pour faire montre de fon habileté,
que pour faire honneur à la déeffe.

Dès le commencement de la Mo-
narchie Françoife, ils ne s'affem-
bloient point en corps, qu'ils ne ter-
minaffent

minaſſent leur aſſemblée par une partie de chaſſe. Ils ſe diſperſoient dans
une vaſte campagne, & renfermoient
dans un cercle qu'ils formoient, tout
le gibier qui s'y trouvoit. En ſe rap-
prochant, ils l'amenoient au milieu
d'un petit cercle, & n'en laiſſoient
échapper que fort peu. Il reſte encore
dans quelques Villes de France des
traces de cet ancien uſage.

D. Combien compte-t-on de
métaux ?

De la fon-
te des mé-
taux.

R. On compte vulgairement ſix
métaux ; 1°. le plomb ; 2°. l'étain ;
3°. le fer ; 4°. le cuivre ; 5°. l'argent ;
6°. l'or.

D. Que remarquez-vous ſur le
plomb ?

R. Le plomb eſt un métal mou &
facile à fondre : c'eſt auſſi le moins
ſonore & le moins élaſtique des métaux ; il ſe calcine très-aiſément, ſe
vitrifie, & facilite la fuſion des terres & des pierres : il a auſſi la propriété de réduire en craſſe & en verre

H

les autres métaux, excepté l'or &
l'argent ; il s'allie avec tous les métaux.

Le plomb se trouve en beaucoup de pays, & sur-tout en Angleterre, en France & en Allemagne.

D. Que nous direz-vous de l'é-
tain ?

R. L'étain est l'un des métaux le
plus mou après le plomb : il est facile à ternir, mais il ne se rouille
pas ; il est peu susceptible de s'étendre : plus ce métal est pur, moins
il pese ; c'est le plus léger de tous les
métaux : l'étain d'Angleterre est le
plus pesant.

L'étain possede beaucoup de propriétés qui le rapprochent du plomb ;
il se fond promptement à une chaleur
modérée ; mais à un certain degré de
feu, il se calcine, & finit par se changer, à l'aide d'un fondant, en un verre
laiteux, présentant différentes couleurs, comme l'opale, comme le font

aussi les os calcinés, si on les jette dans du verre tenu en fusion.

L'étain s'incorpore très-bien avec les demi-métaux & le plomb : excepté ce dernier métal, il les empêche tous de s'étendre sous le marteau. Si on met du fer dans de l'étain fondu, ils contractent une sorte d'alliage ; mais si l'on met de l'étain dans du fer fondu, ils se convertissent aussitôt l'un & l'autre en petits globules qui crevent, & font explosion comme des grenades.

D. Combien distingue-t-on de sortes d'étain ?

R. De trois sortes ; savoir , 1°. *l'étain plané*, ou de *marais* ; il est assez pur, mais point sonore, & trop liant ; on lui donne encore les noms *d'étain d'Angleterre*, *étain crystallin*, & à la *Rose*.

2°. *L'étain commun*, qui se trouve chez tous les Potiers d'étain ; c'est un alliage d'étain plané , de plomb , & quelquefois de cuivre jaune.

3°. *L'étain sonnant*, qui est un mêlange d'étain plané, de bismut, de
cuivre rouge & de zinc ; il est le plus
éclatant, le plus sonore, le plus facile
à ouvrager : on y ajoute, au besoin,
du régule d'étain pour en augmenter
la dureté.

Le mélange de l'étain est connu par
la marque qu'il porte. L'étain mêlan-
gé avec un tiers de plomb, doit porter deux marques ou contrôles ; s'il est
composé de cinq parties contre une
de plomb, il doit avoir trois marques ;
enfin, s'il contient trois livres d'alliage de plomb par quintal ; il faut
qu'il ait quatre contrôles.

D. Quel est l'usage de l'étain ?

R. On l'altere différemment pour
en former toutes sortes de vaisselles ;
il entre dans la composition des cloches & des miroirs métalliques : on
s'en sert pour étamer le cuivre, &
pour la fabrique des tuyaux d'orgues.
On en fait par une légere calcination,
un chaux grise, qui est la *potée d'é-*

tain, si propre aux Diamantaires., &
à d'autres ouvriers pour polir leurs
ouvrages ; il entre dans la composition des émaux. On bat l'étain en
feuilles minces , & on les charge de
mercure, pour les appliquer derriere
une glace ; alors elles ont la propriété
de réfléchir les objets. On met de ces
feuilles, non chargées de mercure ,
mais peintes ou vernies , aux torches
de cire pour faire des armoiries de
deuil, pour faux-argenter les décora-
tions d'artifice & de théatre , & pour
faire de l'aventurine blanche. La disso-
lution d'étain par l'eau régale , a la
propriété de donner beaucoup d'éclat
aux couleurs rouges ; aussi les Tein-
turiers s'en servent-ils pour faire la
belle écarlate.

D. Donnez-nous une légere idée
du fer.

R. Le fer est un métal solide, très-
dur, peu malléable, sonore, & le
plus élastique des métaux. Les res-

forts d'acier, les outils propres à limer, le fon & l'extenfion des cordes
de claveffins décelent ces propriétés.
La violence des coups de marteau re-
doublés, un frottement violent & ra-
pide fuffifent pour le faire rougir au
point d'enflammer des corps combuf-
tibles.

Le fer fe rouille à l'air & dans
l'eau ; il a beaucoup d'antipathie
pour le mercure, & de fympathie
avec l'aimant. Quand il ne s'y rencontre point d'antimoine interpofé
qui puiffe en empêcher le jeu, le
fer & l'acier s'attirent réciproque-
ment ; & c'eft un moyen fuffifant
pour reconnoître le fer par-tout où
il eft.

Le fer blanc eft un fer enduit
d'étain pour le préferver de la
rouille.

L'acier eft un fer rafiné & pu-
rifié.

D. Parlez-nous maintenant du
cuivre.

R. Le cuivre eft un des métaux les plus employés dans les Arts & Métiers, parce qu'il a beaucoup de malléabilité, de flexibilité, de ductilité, de dureté & d'élafticité. On en fait mille uftenfiles ; des cordes de claveffin, des feuilles pour les faux galons. Il entre dans les caracteres d'Imprimerie. Il eft fi facile à fe rouiller, que tous les diffolvants, tels que l'eau, les huiles, les acides agiffent fur lui, & qu'il les colore en verd. C'eft à cette couleur verte que l'on reconnoît la préfence du cuivre, qui eft par là même toujours très-dangereux.

Le cuivre, par fon mélange avec diverfes autres fubftances, donne naiffance, en quelque forte, à de nouveaux métaux, qui acquierent de nouvelles propriétés. Si on le fond avec le zinc, il donne le tombac, le pincebec, le fimilor, & le métal de Prince, avec la calamine, il forme le cuivre jaune ou laiton. Si on mêle

le cuivre avec de l'orpiment & de l'é-
tain, on aura une compofition propre
à faire des miroirs métalliques ; uni
avec de l'arfenic , il devient blanc ,
fragile & caffant; on le nomme alors
cuivre blanc. Le cuivre allié avec de
l'étain, fait une compofition très-
fonnante , connue fous le nom de
bronze. Cette compofition fe jette en
fonte pour faire des cloches , des
ftatues, des médailles, des monnoies,
des bombes , &c. Une petite quantité
de cuivre que l'on allie à l'or & à
l'argent , donne à ces métaux une
dureté qu'ils n'auroient pas fans cela ;
elle les rend plus faciles à travailler ,
& les perfectionne en quelque forte.
Le cuivre réduit en chaux , fe nomme
faffran de Vénus, *écaille de cuivre* ,
cuivre brûlé ; alors il eft propre à co-
lorer en verd les verres, les émaux,
& à peindre la faïance & la porcelaine.

D. Dans quel pays fe trouve l'argent ? R.

R. Les mines les plus riches & les plus abondantes font en Amérique ; mais fur-tout dans les endroits froids de ce continent , tels que le Potofi , une des Provinces du Pérou.

L'argent diffous par l'acide nîtreux, donne des cryftaux , qui, étant fondus, & enfuite jettés dans un moule , forment la pierre infernale , dont on fait ufage pour corroder les chairs.

On réduit l'argent , en le faifant paffer par les trous d'une filiere , à n'avoir que l'épaiffeur d'un cheveu ; on le nomme *argent trait*. Cet argent trait , applati entre deux rouleaux , fe nomme *argent en lame* : on l'applique fur la foie par le moyen du moulin ; on l'appelle alors *argent filé* : on l'emploie auffi tout plat dans les ornements brodés & brochés.

L'argent réduit en feuilles très-minces , eft employé par les Argenteurs & Doreurs. Les rognures de l'argent en feuille font employées par les Pein-

I

tres ; on l'appelle *argent en coquille.*

D. En quoi l'or furpaffe-t-il les autres métaux ?

R. Il les furpaffe en pefanteur, en ductilité, en ténacité & en valeur. L'or n'eft altéré, ni par l'air, ni par l'eau, ni par le feu des fourneaux. Un once de ce métal peut être tirée en un million quatre-vingt mille pieds de long. Cependant la feule vapeur d'un grain d'étain fuffit pour ôter la propriété malléable de ce métal.

D. Comment échangeoit-on autrefois l'or & l'argent ?

R. D'abord on le donna au poids, puis on le livra en brochette. On s'eft tenu en dernier lieu aux flans, ou tourteaux, marqués au coin du Prince.

D. Quelles ont été jufqu'ici les différentes manieres de monnoyer l'or & l'argent ?

R. Les Romains faifoient leur monnoie avec le marteau ; & ils la

marquoient avec une efpece de poin-
çon. Nos ouvriers ont abandonné
aux Hollandois cette ancienne maniere, & fe fervent de balanciers
pour preffer le carré où eft gravé en
creux ce qui doit être en relief fur
la monnoie.

D. Quelles font les différentes manieres de dorer ?

R. La premiere & la plus ancienne
eft celle de battre l'or, & de l'appliquer en feuilles avec du blanc d'œuf;
la feconde, qui eft plus récente, eft
de moudre l'or, & de l'appliquer,
comme on applique les couleurs d'un
tableau.

D. Dans quel pays, & en quel
temps a-t-on commencé à faire ufage
des cloches ?

R. Dans l'Italie, vers le feptieme
fiecle, on commença à fe fervir de
cet inftrument pour appeller les peuples à la priere. La rareté de l'étain,
dont on n'a découvert les mines que

fort tard, a été cause, sans doute, qu'on s'est servi si tard des cloches. La crecelle, dont on se sert dans les derniers jours de la Semaine Sainte, tint lieu de cloche pendant très long-temps.

HISTOIRE
DES ARTS.

SECONDE PARTIE.

HISTOIRE
DES BEAUX ARTS.

D. Q U E prétend-on désigner par ces expressions, *Beaux Arts ?*

R. Par ces expressions, on veut désigner l'Histoire, la Poésie, l'Eloquence, la Peinture, la Sculpture, la Musique & l'Architecture.

D. Qu'est-ce que l'Histoire ?

R. C'est l'art par lequel on transf-

De l'Histoire.

I 3

met à la postérité des faits impor-
tants & dignes de remarque.

D. Qu'étoit-ce que l'Histoire dans
sa simple origine ?

R. De simples annales, où l'on se
contentoit de marquer, selon l'ordre
des temps, les principaux événements qui arrivoient dans l'année.

D. Qui fut le premier qui compo-
sa un corps d'Histoire ?

R. Moïse. La simplicité de son style, jointe à la grandeur des choses
qu'il rapporte, décele à chaque
page celui dont il n'étoit que l'in-
terprete.

D. Quel peuple a porté l'art d'é-
crire l'Histoire à sa derniere perfection ?

R. Les Grecs, dont le génie né
pour les Beaux Arts, sembloit devoir
servir de modele à toutes les autres
Nations.

D. Quels sont les meilleurs Historiens Grecs ?

R. Thucidide, Hérodote & Xé-

nophon. Thucidide peint avec force ;
on voit dans ſes ouvrages plutôt qu'on
ne lit les combats qu'il décrit. Xéno-
phon raconte avec une douceur char-
mante ; il remplit l'ame des plus doux
& des plus tendres ſentiments. Hérodote paroît tenir le milieu entre ces
deux Hiſtoriens ; il n'eſt ni ſi véhément
que le premier, ni tout à fait ſi gracieux que le ſecond : c'eſt un fleuve
majeſtueux qui n'a rien de lent ni d'impétueux ; mais qui roule avec pompe
ſes eaux pures & tranquilles.

D. Qui ſont ceux parmi les Latins qui le diſputent aux Grecs ?

R. Tacite, qui vivoit ſous Veſ-
paſien, dans le premier ſiecle de l'E-
gliſe, écrivit ſon Hiſtoire & ſes Annales avec tant d'énergie & d'éloquence, que Pline le jeune dit qu'il l'avoit
pris pour ſon modele dans l'éloquence qu'il vouloit ſuivre , parmi un
très-grand nombre d'Orateurs qu'on
trouvoit alors à Rome.

Salluſte, par la force & la pré-

cifion, ne le cede à aucuns des Grecs ;
pas même à Thucidide. Pour Tite-
Live, il n'y a point d'Hiftorien qui
ait plus que lui de cette éloquence
douce & infinuante qui gagne tous
les cœurs.

D. Quelles font les regles pour bien
juger d'une Hiftoire ?

R. Un Hiftorien ne doint pas en-
taffer des faits fans ordre & fans
choix ; mais il faut qu'il s'arrête à
ce qu'il y a de plus intéreffant , le
bien circonftancier , & le mettre
dans tout fon jour. Pour cela , il doit
remonter à la fource des chofes, &
tâcher de découvrir les vrais motifs
qui ont fait agir ceux dont il parle. Il doit foutenir & animer fon
difcours par la nobleffe & par la vivacité de fon ftyle , fans jamais cependant fortir de la difpofition où
fe doit trouver un juge qui inftruit
les nations, & qui diftribue la gloire
aux mortels dont il a occafion de
parler , felon qu'il les juge dignes

de blâme ou de louange. Il faut qu'il ne lui échappe aucune expreſſion qui ne ſorte de ſon ſujet, & qui ne ſoit pour ainſi dire inſpirée par la grandeur des choſes qu'il raconte.

D. Quelle différence y a-t-il entre l'Hiſtoire & les Mémoires ?

R. C'eſt que l'Hiſtoire ne traite que des événements publics, & que les Mémoires admettent encore les actions & les aventures des particuliers qui ne regardent point l'Etat.

D. Qui ſont ceux qui ſe ſont le plus diſtingués dans ce dernier genre d'écrire ?

R. Céſar parmi les anciens, Commines, de la Rochefoucauld, le Cardinal de Retz, & une infinité d'autres parmi les modernes.

D. Qu'eſt-ce qui fait le caractere de ces ouvrages ?

R. Un certain air aiſé & naturel, dégagé de l'attirail d'une vaine rhé-

torique, qui fait fentir l'homme dans
fes écrits, & non l'Auteur.

D. Quel autre avantage ont ces
Auteurs fur les autres Ecrivains.

R. C'eft qu'ils ont une connoiffance profonde du monde & des
affaires dont ils traitent, & qu'on
peut dans leurs ouvrages fe former
auffi fûrement le jugement que le goût.

D. Qu'eft-ce que les Journaux littéraires ?

R. C'eft l'hiftoire de tout ce qui
fe paffe de confidérable dans la république des lettres, avec un abré-
gé & une critique de tous les livres
qui paroiffent.

D. Quel eft le premier Auteur des
Journaux littéraires ?

R. Salo, Confeiller au Parlement
de Paris, eft l'Auteur du Journal
des Savants, le premier de tous les
Journaux. L'érudition, le goût, le
fel répandus dans les premiers effais
de ces ouvrages, firent naître aux

Nations l'envie d'en avoir chez elles
de pareils.

D. Quels font les autres Journaux
célebres ?

R. Outre ceux de Londres & de
Leipfick, le Prince de Dombes en
établit en France de nouveaux, qu'on
nomma de Trévoux.

Le mérite du Pere Tournemine,
qui a travaillé pendant plufieurs années à ces ouvrages, & dont le talent étoit de penfer auffi profondé-
ment & auffi folidement fur tous les
fujets, qu'il écrivoit poliment, n'a
pas peu contribué à la réputation de
cet ouvrage.

Les Journaux de Bouillon, établis
depuis plus de vingt-quatre ans, jouif-
fent de la réputation la plus brillante ;
& ils l'ont toujours méritée par leur
érudition auffi profonde qu'univerfelle, & par la politeffe qui regne
dans ces ouvrages, jufques dans leur
critique la moins favorable.

D. Quelle utilité doit-on retirer de
ces ouvrages ?

R. Celle de se connoître soi même , & les hommes avec qui nous
avons à vivre. L'histoire particuliere
des grands hommes , où l'Historien
s'attache à rapporter les paroles &
les moindres circonstances de la vie
de son héros , est très-propre à donner cette connoissance.

De la Poé-
sie.

D. Quelle différence y a-t-il entre
l'Histoire & la Poésie.

R. C'est que la premiere ne cherche
qu'à instruire , & n'emploie pour cela
qu'un style simple & uni ; & que la
seconde , n'ayant pour but que de
plaire & de frapper l'imagination ,
emploie dans ce dessein tout ce que
les sentiments ont de plus brillant.

D. Quels sont les moyens dont
la Poésie se sert pour toucher le cœur
& frapper l'imagination ?

R. C'est d'animer tous les êtres ,
même les plus insensibles ; comme
les Vents & les Fleuves , & de passionner tout ce qui est capable de

sentir , comme les Dieux & les hommes , en les mettant dans des situations violentes.

Là , pour nous enchanter , tout est mis en usage ,
Tout prend un corps, une ame , un esprit , un
visage ,
Chaque vertu devient une divinité :
Minerve est la prudence, & Vénus la beauté.
Ce n'est plus la vapeur qui produit le tonnerre,
C'est Jupiter armé pour effrayer la terre.
Un orage terrible aux yeux des matelots ,
C'est Neptune en courroux qui gourmande les
flots.
Echo n'est plus un son qui dans l'air retentisse ,
C'est une Nymphe en pleurs qui se plaint de
Narcisse.
Ainsi , dans cet amas de nobles fictions ,
Le Poëte s'égaie en mille inventions ;
Orne , éleve , embellit , agrandit toutes choses ,
Et trouve sous sa main des fleurs toujours écloses.
BOILEAU.

D. Sur quoi cet Art est-il fondé ?
R. Sur la facilité que l'homme a de se passionner à la vue des objets tendres & touchants , & sur le plaisir qu'il y trouve.

D. Quelle eft la Poéfie réguliere qui fut mife en ufage la premiere?

R. C'eft la Poéfie lyrique. Les hommes tranfportés d'admiration & de reconnoiffance pour leur Créateur & leurs héros, mêlerent au fon des inftruments, des paroles vives & animées, qui exprimoient les fentiments de leur cœur, faifant, pour l'ordinaire, parler dans leurs chants l'ennemi vaincu, qui, un moment avant fa défaite, fe promettoit la victoire, & goûtoit par avance le plaifir de la vengeance. Lifons les célebres Cantiques de Moïfe, nous y remarquerons des tours grands, des penfées nobles, un ftyle fublime & magnifique, des expreffions fortes, des figures hardies ; tout y eft plein de chofes & d'idées qui frappent l'efprit & faififfent l'imagination ; tout y a de la grandeur, de la force, de l'énergie, avec une majeftueufe fimplicité, qui met ces ouvrages au-deffus de toute l'éloquence païenne,

D. Quels font les Poëtes qui font les plus diftingués dans ce genre de Poëſie ?

R. Pindare, Horace parmi les Anciens ; Malherbe & Rouſſeau parmi les Modernes.

D. Qu'eſt-ce qui fait le caractere de Pindare ?

R. Horace nous l'a tracé dans l'Ode qu'il a compoſée à ſa louange : il nous le repréſente comme un torrent impétueux, qui, ſans garder dans ſa marche de route certaine, ſe précipite avec fracas dans les plaines ; & tantôt comme un Aigle, qui aime à ſe perdre dans les airs ; enfin comme un Poëte inimitable qu'on doit admirer ſans entreprendre de l'imiter.

D. Quel eſt le caractere d'Horace ?

R. Plus tendre, plus gracieux que Pindare, il paroît moins fait pour peindre le fort & le terrible, que pour le joli & le gracieux. Il s'é-

leve cependant de temps en temps,
& le fait toujours avec force & avec
grace.

D. Quel jugement doit-on porter
de Malherbe ?

R. Fidele imitateur d'Horace, il
en a pris l'heureux tour & la naïveté.
Il fait, comme lui, relever les moindres objets par un ufage fobre & modéré de la Fable & de l'Allégorie;
il s'écarte avec art de fon but, & il
y revient fans peine. Il eſt le premier
en France qui ait mis en ufage ces
heureuſes fufpenſions, qui font prefque tout le fublime de l'Ode. Enfin,
il n'a rien omis dans fes ouvrages, de
tout ce que l'Art a pu lui fournir,
& il en paroît plus dans fes Poëſies
que de fin & de génie.

D. Quelle idée a-t-on conçue de
Rouffeau ?

R. Rouffeau, le Pindare de nos
jours, a réuni toutes les qualités
qu'on attribue à l'ancien ; le feu,
l'enthouſiafme, le pathétique. Avec
quelle

quelle noblesse & quelle grandeur ne
fait-il point parler le Seigneur dans
ses Cantiques ? De quel éclat ne fait-
il point retentir l'Allemagne , lorsqu'il en dépeint les troubles & les
agitations ? Quelle force & quels
traits contre la fortune & ses ado-
rateurs ! Nul n'a montré un plus riche
fonds , une plus grande variété d'idées
sublimes ou riantes ; nul n'a mieux
su que lui annoblir & enrichir un sujet
de tout ce que la nature a de plus
beau & de plus grand. Enfin , nul
Poëte n'a su, comme lui , saisir le
cœur & emporter l'imagination.

D. N'avons-nous point eu d'autres
Poëtes qui se soient distingués dans
le lyrique ?

R. M. de la Motthe , parmi une
grande quantité d'Odes qu'il a com-
posées , on a fait quelques-unes qui
sont très-belles & fort estimées ; mais
en général ce Poëte est trop froid ,
& trop compassé. Tout son sublime
ne consiste que dans quelques Sen-

K

tences morales conſues les unes au bout
des autres, ſans feu & ſans imagination. C'eſt de lui que Rouſſeau a dit :

   Si pour tout quelque eſprit timide
   Du Pinde ignorant les détours, &c.

De la Tra-
gédie.

D. D'où la Tragédie tire-t-elle ſon
origine ?

R. De la Poéſie lyrique. L'hiſtoire
en eſt aſſez connue. Icarius, à qui
l'Icarie doit ſon nom, ayant trouvé
un bouc dans une vigne qu'il avoit
nouvellement plantée, & dont il ra-
vageoit les plus douces eſpérances,
en fit ſur le champ un ſacrifice à
Bacchus. Les témoins ravis de ce
ſpectacle & de l'idée qui l'avoit fait
naître, ſe mirent à danſer autour de
la victime, en chantant les louanges
de Bacchus. Ce divertiſſement plut,
& devint en très-peu de temps dans
toute la Grece une cérémonie an-
nuelle. Cependant, comme la répé-
tition des mêmes chants revenoit
tous les ans, & commençoit à en-

nuyer, Thespis s'avisa d'interrompre le chant des chœurs, en introduisant au milieu d'eux un acteur barbouillé de lie, qui du haut d'un char venoit réciter quelques traits de Fable & d'Histoire propres à réjouir. Ces récits plurent, &, d'accessoires qu'ils étoient d'abord, ils devinrent bientôt le principal. Ainsi nâquit la Tragédie au milieu des danses & des festins.

D. La Tragédie resta-t-elle long-temps dans cette enfance ?

R. On s'apperçut bientôt qu'il manquoit quelque chose à ces récits, dans lesquels on faisoit souvent parler ceux dont on racontoit les belles actions, & que l'imitation seroit beaucoup plus parfaite, si on évoquoit pour ainsi dire des enfers, les mânes de ces grands hommes, & qu'on les fît parler & agir entr'eux en présence des auditeurs.

D. Qui fut l'Auteur de cette invention ?

K 2

R. Achille, fameux Capitaine Grec, qui commandoit en chef à la bataille de Salamine, & qui, au retour de fon expédition, s'occupa à repréfenter fur le Théatre le malheur des ennemis qu'il venoit de vaincre, mais avec une ardeur qui tient plus de la fureur que de l'enthoufiafme poëtique.

D. Qui perfectionna la Tragédie des Grecs ?

R. Sophocle qui, en corrigeant la grandeur gigantefque d'Achille, conferva toute la nobleffe qui convient aux perfonnages de la Tragédie. Il eut pour rival Euripide, dont la douceur & la tendreffe femblent faire le caractere, comme la force & la grandeur doivent faire celui de Sophocle.

D. Qu'étoit-ce que le Théatre Latin ?

R. C'étoit une altération du Théatre Grec, où l'on ne voit ni cette fcience de de Théatre, ni ces mœurs, ni cette vraisemblance si aimée des Grecs. Mais si les Romains n'ont rien produit de parfait dans la Tragédie, ce qu'ils nous ont laissé a donné lieu en quelque sorte à l'origine du Théatre François. C'est de Séneque & de Lucain que Corneille a tiré ses plus grandes beautés, & de Térence & de Plaute que Moliere a pris ses plus beaux caracteres.

D. Que savez-vous de la vie & des ouvrages de Corneille ?

R. Pierre Corneille, né à Rouen le 6 Juin 1606, vint au monde lorsque la passion pour le Théatre étoit la plus vive & la plus générale. Richelieu, par l'émulation qu'il savoit répandre parmi les esprits, avoit mis tous les Poëtes de ce temps en goût de travailler pour le Théatre. Corneille, après avoir exercé quelque temps la charge d'Avocat-Général à la Table de Marbre, sans faire connoître au public & sans connoître lui-même le talent extraordinaire qu'il

avoit pour la Poéfie, fe laffa de lut-
ter contre fon génie & fe mit à faire
des pieces de Théatre. Ses premiers
effais eurent un fuccès fi prodigieux
qu'ils firent naître une nouvelle troupe
de Comédiens, & qu'ils effacerent
tout ce qui avoit paru jufqu'alors. La
critique qu'on en fit ne fervit qu'à lui
faire enfanter ces prodiges de Théatre, les Cid, les Horaces, les Cinna,
les Polieucte, & tous ces autres chef-
d'œuvres qui paroiffent furpaffer les
efforts de l'efprit humain, & qui le
mirent pour jamais au-deffus de l'envie. *Il n'eft pas aifé*, dit M. Racine,
dont les paroles ne doivent pas être
fufpectes, fur-tout en parlant d'un
rival ; *il n'eft pas aifé de trouver un
Poëte qui ait poffédé à la fois tant de
grands talents, tant d'excellentes parties, l'art, la force, le jugement,
l'efprit. On ne peut trop admirer la
nobleffe, l'économie dans les fujets,
la véhémence dans les paffions, la gra-
vité dans les fentiments, la dignité,*

& en même temps la prodigieuse variété dans les caracteres, &c.

Corneille fut reçu à l'Académie
Françoise en 1647 ; il étoit le Doyen
de cette Compagnie, lorsqu'il mourut en 1684, âgé de 78 ans.

D. Qui disputa la palme à Corneille ?

R. Racine, dont le cœur tendre
& sensible remplit tout le Théatre
de larmes & de soupirs. Moins fort
& moins élevé que Corneille, il frappe
& surprend moins ; mais il est plus
soutenu ; & sans nous causer ces
frissonnements qu'on éprouve quelquefois dans Corneille, il nous occupe
& nous attendrit davantage sans nous
laisser jamais languir.

Despréaux a fait ces quatre vers
pour être mis au bas du portrait de
M. Racine.

Du Théatre François l'honneur & la merveille,
Il fut ressusciter Sophocle en ses écrits ;
Et dans l'art d'enchanter les cœurs & les esprits,
Surpasser Euripide, & balancer Corneille.

D. L'Angleterre n'a-t-elle pas eu auffi des Poëtes tragiques ?

R. Elle a eu Skakefpear , dont le génie théatral produit de temps en temps des coups de théatre admirables ; mais qui , faute d'être guidé par aucune regle & par aucun principe , tombe tout à coup dans les plus grandes abfurdités. C'eft un or charge de craffe , qui n'a point paffé par le creufet , & qui , tandis qu'il reftera impur , n'eft qu'une maffe informe & fans régularité.

D. Quelle différence y a-t-il entre la Tragédie & la Comédie ?

R. La Tragédie ne préfente que les actions & les défauts des particuliers , & la Comédie n'a pour but que de faifir les mœurs & les ridicules des hommes en général. La premiere ne veut qu'exciter la terreur & la pitié , & la feconde ne veut arriver à fon but qu'en amufant & en divertiffant.

D. Qui fut , pour ainfi dire ,

la

le créateur de la Comédie ?

R. Aristophane, qui, sur le modele des Poëtes tragiques, donna un
plan régulier à toutes ses pieces, &
renferma dans une action simple &
unique les traits de sa satyre.

D. Qu'étoit-ce que les premieres
pieces comiques ?

R. C'étoit des représentations de
faits véritables, où les noms, les habits, les gestes & le masque ressem-
bloient parfaitement à tous ceux que
le Poëte exposoit à la risée publique. C'est ainsi qu'Aristophane joua
en plein Théatre Periclès & Alci-
biade, les premiers Généraux d'A-
thenes.

D. Que produisit la défense de
citer les noms, d'emprunter les gestes
& les habits de ceux qu'on jouoit
sur la scene ?

R. L'art n'en devint que plus fin
& plus ingénieux. On tût les noms ;
mais on traça des caracteres si vrais
& si ressemblants, & on représenta

L

des faits fi peu déguifés , qu'on ne laiffoit pas de reconnoître ceux que le Poëte avoit en vue : ce qui étoit plus agréable , & pour le fpectateur qui avoit le plaifir de deviner , & pour l'Auteur qui avoit celui de fe faire entendre fans s'expliquer en-tiérement.

D. La Comédie en refta-t-elle au point où l'avoit réduit la néceffité de taire les noms ?

R. On lui défendit encore les fu-jets véritables. De forte que les Poë-tes fe virent obligés de produire fur la fcene des fujets & des noms de pure invention. Ce qui épura entiére-ment la Comédie , & acheva de la perfectionner ; car par là elle devint une école où tout le monde pût s'inf-truire avec fruit , & fans nuire à la réputation d'autrui.

Chacun , peint avec art dans ce nouveau miroir,
S'y vit avec plaifir , & crut ne s'y point voir,
L'Avare , des premiers , rit du tableau fidele
D'un avare fouvent tracé fur fon modele ;

Et mille fois un fat, finement exprimé,
Méconnut le portrait fur lui-même tracé.

D. Qui font ceux qui fe font diftingués dans ce genre noble de Comédie ?

R. Ariftophane dans fes dernieres
pieces, & Ménandre parmi les Grecs;
Plaute & Térence parmi les Latins.
On voit dans Ariftophane & dans
Plaute le même feu, le même génie,
la même fertilité en bons mots, &
la même fécondité des fujets heureux
& faciles à fe développer. Pour Ménandre & Térence, ils font moins ingénieux & moins facétieux que les
deux premiers; mais auffi ils ont plus
de naturel, de politeffe & de fineffe.
Il étoit réfervé à Moliere de réunir
tout l'efprit & la vivacité d'Ariftophane, avec l'élégance & la délicateffe
de Térence. Heureux s'il n'en avoit
pas encore fouvent pris la licence &
quelquefois les ordures !

D. D'où la Tragédie & la Comédie ont-elles pris leurs regles ?

R. Du Poëme épique ; car long-
temps avant qu'on eût aucune idée
du Théatre , Homere avoit composé son Iliade , sur laquelle se mou-
lerent les Poëtes qui vinrent ensuite ,
ensorte qu'il suffit de connoître la nature du Poëme épique , pour savoir
celle du Poëme dramatique.

D. Qui fut l'auteur des loix &
des regles du Poëme épique ?

R. Homere, le plus grand de tous
les Poëtes.

D. Comment Homere a-t-il dû rai-
sonner pour former le plan de l'I-
liade ?

R. Supposé qu'il soit vrai qu'il ait
été lui-même son guide & son modele , voici quel a dû être son raisonnement. Les hommes aiment naturellement à être remués & agités ;
inventons donc des ressorts capables
de les remuer & de les ébranler ;
mettons des hommes dans des situations capables de toucher les plus

infenſibles ; qu'ils ſe ſoient jettés dans
ces extrêmités, non par des crimes,
parce que, ne nous ſentant pas coupa-
bles des mêmes fautes, nous nous croi-
rions moins en danger de tomber
dans les mêmes malheurs ; mais qu'ils
y ſoient ſeulement tombés par leur
témérité & par des foibleſſes qui ſoient
communes aux hommes. Non content
d'avoir mis dans des états violents
mes principaux perſonnages, intéreſ-
fons encore à leur fortune ce qu'il y
a de plus grand dans le monde, en
les faiſant deſcendre de quelque Divinité ; intéreſſons-y même les Dieux
& les Déeſſes ; déifions en même
temps les vertus, les vices & tous
les éléments. Par là tout vivra, tout
ſera animé dans mon Poëme. Ajou-
tons un nouvel intérêt, qui nous attache de plus en plus à ces principaux perſonnages, qu'ils ſoient les
ancêtres & les fondateurs de ceux à
qui je veux plaire ; donnons-leur en
même temps pour adverſaires ceux

L 3

que nous haïssons & que nous avons
en horreur ; enfin , pour renvoyer
mes lecteurs contents , rendons heureux le dénouement de la piece , en
la finissant par représenter mes principaux acteurs moins malheureux.
Mais la vie de l'homme est courte ,
& ne s'étend pas bien loin ; faisons
donc l'action du Poëme d'une étendue à pouvoir être apperçue du premier coup d'œil ; qu'elle soit une ,
parce que , s'il y en avoit plusieurs ,
toutes ensemble ne produiroient point
l'effet que je recherche , de tenir en
haleine & dans l'inquiétude l'esprit du
lecteur jusqu'au bout. Telles sont les
loix du Poëme épique , ce sont aussi
celles de la Tragédie , si vous en re-
tranchez l'intervention des Dieux , &
si vous y ajoutez que l'action se passe
en un seul jour & dans un seul lieu ,
parce que des personnes assemblées
dans un même endroit , pendant deux
ou trois heures , ne s'imaginent pas
aisément qu'il se passe devant eux des

actions d'une année, & qui s'exécutent en différents pays, & parce qu'on a encore plus de peine à croire que des esprits célestes se rendent visibles si facilement, & aux yeux de tout le monde.

D. Homere a-t-il parfaitement rempli son plan ?

R. A l'exception de quelques fautes légeres, qui ne touchent point à la constitution du Poëme épique, on voit dans ses ouvrages, & sur-tout dans l'Iliade, l'action la plus grande, la plus intéressante & la mieux conduite : noblesse de sentiments, charmes de la narration, brillant de la diction, richesses des comparaisons, tout est employé pour relever la grandeur de cette action. Enfin tout plaît, tout charme dans cet ouvrage, au jugement de Boileau le plus habile critique de la France, à qui il semble que, pour instruire,

Homere ait à Vénus dérobé sa ceinture.

L 4

D. Qui font ceux qui appro-
chent le plus des Anciens ?

R. Le Taffe, auffi heureux qu'Homere dans le choix & l'ordonnance
de fon fujet, y a fu encore répandre
plus de variété & d'agréments. On y
paffe tour à tour de l'agitation & de
l'horreur du combat aux inquiétudes
& aux douceurs de l'amitié & de
l'amour. Le trouble y va toujours
croiffant, fans que le Poëte paroiffe
jamais fommeiller. Il feroit feulement
à fouhaiter que, s'abandonnant trop
à la beauté de fon génie & au defir
de plaire, il n'eût pas outré quelquefois, au jugement des meilleurs cri-
tiques, les fentiments & les paffions
de fes principaux acteurs. On ne lui
pardonne pas encore l'Epifode d'O-
linde, par lequel il commence fon
Poëme, & qui en rompt toute l'unité.

D. Que penfez vous du Télémaque
de M. de Fénélon ?

R. Il furpaffe les autres Poëmes
dans la pureté & la beauté de fa mo-

rale. Il a même quelque chose de
plus fin & de plus délicat dans la
conduite de son Poëme, en ce que son
héros s'expose à tous les dangers, sans
connoître les secours que la divinité
lui prête. Pour la douceur de la narration & les graces de la diction, il
n'est inférieur à aucun des Anciens.
S'il a moins de feu & de vivacité,
c'est que son sujet n'en comportoit
pas davantage. Reste à décider si la
versification entre dans l'essence d'un
Poëme.

D. Quels sont les autres petits
Poëmes qui ont rapport au Poëme
épique & à la Tragédie?

R. Les principaux sont la Fable,
l'Elégie, l'Eclogue, la Satyre & la
Chanson. La Fable est un Poëme épique en petit, comme l'Eclogue n'est
qu'une Tragédie en raccourci. l'Elégie
peut être regardée comme une Scene
détachée de la Tragédie, & la Satyre
est un discours qui pourroit convenir
à un personnage sérieux de la Comé-

die. La Chanſon n'eſt qu'un bon mot emprunté de la Satyre.

D. Que ſavez-vous de l'origine de tous ces Poëmes ?

R. Eſope peut être regardé comme le pere de la Fable. La crainte de déplaire en expoſant crument la vérité, lui fit avoir recours à ce petit artifice, pour ſe faire entendre ſans s'expliquer ouvertement. Phedre revêtit ces fables de la pureté de ſa diction, & la Fontaine les enrichit des traits les plus naïfs de ſon invention. On ignore quel eſt l'Auteur de l'Elégie. Ce ne peut être que la douceur qui ait produit un Poëme ſi tendre, comme il n'y a que la rage & le dépit qui ait inſpiré à Archiloque l'âcreté de la Satyre, dont on le croit l'inventeur. Il a eu dans la ſuite des imitateurs, Horace & Boileau, qui n'ont gueres moins de fiel que lui, mais ils l'ont mieux aſſaiſonné. Pour Juvenal & Regnier, ils y gardent moins de meſure ; & ſans ménager ni les perſonnages ni même la pudeur, ils décrivent avec la violence d'un Démoſthene toute l'horreur du vice. La Chanſon eſt née en France, & paroît ne ſe plaire que dans ſon ſol naturel.

D. Quelle eſt l'origine de l'Eclogue ?

R. L'Eclogue eſt un fruit du loiſir de la campagne. Les premiers Bergers, bien différents de ceux de nos jours, dont les ſoins inquiets étouffent tout autre ſentiment que celui de leur miſere, s'occuperent à chanter leurs propres aventures, n'en connoiſſant point & n'en ayant point d'autres plus intéreſſantes. Les plus anciennes Eclogues qui nous reſtent ſont celles de Théocrite. Virgile en a copié tout le naïf & le délicat : il n'y avoit rien à ajouter à ces qualités, & l'art avoit atteint à ſon but; mais M. de Fontenelle a voulu encore enchérir ſur Virgile, & ajouter à la délicateſſe le fin & le ſpirituel, &

il a par là altéré le fonds de ce Poëme, en faisant d'un entretien de Bergers une conversation de courtisans des plus spirituels. Cependant si on ne trouve pas dans les Poésies pastorales de Fontenelle le style du sentiment, on y trouve la vérité & toute la connoissance du cœur humain.

D. Qu'est-ce que l'Idile ?

R. L'Idile, qu'on ne distingue point assez de l'Eclogue, n'est qu'une réflexion, un sentiment moral, à la suite de quelque objet ou de quelque récit champêtre, dont le Poëte fait la description. Les plus belles Idiles que nous ayons, sont celles de Madame Deshoulieres. La Poésie n'a rien de plus doux & de plus gracieux ; c'est la fleur de ce qu'il y a de plus riant dans la nature : elle en a peu cependant qui effacent ou qui égalent celle qu'Ausone a faite de la Rose. Etant entré dans un parterre le matin d'un jour de printemps, circonstance que le Poëte décrit avec les couleurs les plus vives , il trouve une Rofe qui commençoit à fe peindre de fes premieres couleurs. De retour , le foir , il trouve la même fleur pâle, languiffante & prefqu'éteinte. Cet objet lui rappelle la briéveté de la vie. Une différence qu'il y trouve, c'eft que les fleurs renaiffent chaque printemps , & que la vie ne peut fe ranimer. Là-deffus, il s'écrie: » Hâtez-» vous, brillante jeuneffe, de cueillir » des Rofes , tandis que vous êtes » dans la faifon de le faire , & fou-» venez - vous que vos beaux jours » paffent comme elles «. Si les beaux jours paffent comme la Rofe , les jeunes gens ne doivent donc pas être fi fiers de leur beauté , ni abufer de ces précieux inftants.

D. Pourquoi l'Eloquence a-t-elle été poftérieure à la Poéfie ? De l'Elo-quence.

R. C'eft que l'Eloquence , outre le feu & le génie qu'elle demande dans un Orateur , fuppofe la connoiffan-ce de toutes les autres fciences ,

& la rencontre des circonstances favorables.

D. Dans quel lieu & dans quel temps l'Eloquence brilla-t-elle de tout son éclat ?

R. Ce fut dans Athenes , & dans un temps où toutes les circonstances sembloient concourir à former un parfait Orateur. Les sciences , comme l'art du raisonnement , la morale & la politique , venoient d'être portées à un point où on n'avoit pas lieu d'attendre qu'on pût les faire monter en si peu de temps. Les chef-d'œuvres de Poésie & d'Histoire avoient échauffé les imaginations ; les plus somptueux édifices étaloient leur magnificence & leur grandeur dans tous les quartiers d'Athenes ; les plus beaux ouvrages de Peinture & de Sculpture brilloient dans tous les temples & dans les places publiques ; Athenes étoit dans les plus beaux jours de sa gloire ; les esprits étoient échauffés , & les idées agrandies par les suc-

tés & la variété des événements.
Démosthenes parut dans ces circonf-
tances : né avec un efprit vafte , pé-
nétrant , doué d'une grandeur d'ame
héroïque , animé par un amour ardent
de fa patrie , alarmé fur le danger où
cette chere Athenes étoit expofée par
l'infenfibilité de fes concitoyens , il
monte dans la tribune aux harangues ,
il tonne , il foudroie , & répand dans
fes difcours ce feu , cette ardeur ; que
toutes les glaces de la traduction n'ont
pu éteindre.

D. Où faut-il chercher l'Eloquence
au fortir d'Athenes ?

R. A Rome, & dans les derniers
temps de la République , lorfque chaque citoyen fe croyoit élevé au-deffus
du trône des Rois ; c'eft dans ces heureux temps que les efprits n'ayant
plus à fe diftinguer que par le mérite
du génie & des talents naturels , on
vit cette foule d'Orateurs, au-deffus
defquels Cicéron s'éleva fi fort par
les chef-d'œuvres de la Miloniene &

des Philippiques, que l'Eloquence paroît être arrivée à son comble, & ne
pouvoir monter plus haut.

D. Quels sont les grands Orateurs
François ?

R. Bourdaloue, Massillon, Fle-
chier, Cheminais, Bossuet, M. de
Mascaron, dans la Chaire ; Patru, le
Maître dans le Barreau, & une infinité d'autres qu'il seroit trop long de
rapporter.

Bourdaloue que l'on a coutume
de regarder comme le Prince des
Prédicateurs, & le grand-maître pour
l'Eloquence de la Chaire, est serré,
pressant, noble, véhément ; mais il
ne sort jamais d'une certaine assiette
tranquille, & n'a pas de ces mouvements violents & préparés de longue
main, qui ébranlent & renversent ;
cependant ses discours ont tous
une beauté majestueuse & immor-
telle.

On remarque dans les sermons de
M. Massillon une Eloquence qui fait
amener

amener les vérités, & les placer dans tout leur jour, qui tantôt s'infinue dans les cœurs par les charmes d'une diction fine & délicate, & tantôt fait trembler le vice & foudroie l'impiété, par la force du raifonnement & par la véhémence des mouvements qu'elle met en œuvre.

Tout ce qui eft forti de la plume de M. Fléchier porte le caractere d'une imagination vive & brillante, d'un difcernement fin & délicat d'une élégance & d'une politeffe accomplie. On admire dans fes Oraifon funebres, la pureté du langage, le tour ingénieux des penfées, la richef des expreffions, & la grace du ftyl. Là brillent d'un éclat immortel le vertus politiques, morales & chrétiennes: là Turenne paroît auffi grand qu'il l'étoit à la tête des armées & dans le fein de la victoire.

Quoique le Pere Cheminais foit mort fort jeune, & qu'il n'ait pas eu

Mi

le temps de perfectionner ses Sermons, il est mort avec la réputation d'un grand Prédicateur.

On ne trouve dans M. Bossuet, ni autant d'élégance, ni une aussi grande pureté de langage que dans M. Fléchier ; mais il a une éloquence plus forte, plus mâle & plus nerveuse. Le style de M. Fléchier est plus coulant, plus arrondi, plus uniforme ; celui de M. de Meaux est, à la vérité, moins égal, moins soutenu ; mais il est plus rempli de ces grands sentiments, de ces traits hardis, de ces figures vives & frappantes, qui caractérisent les discours des Orateurs du premier ordre. M. Fléchier est merveilleux dans le choix & l'arrangement des mots ; mais on y entrevoit beaucoup d'attention pour la parure, & trop de penchant pour l'antithese, qui est sa figure favorite. M. de Meaux, plus occupé des choses que des mots, ne cherche point à répandre des fleurs dans son discours,

ni à charmer l'oreille par le fon har-
monieux des périodes : fon unique
objet eft de rendre le vrai fenfible à
fes Auditeurs , & il s'en acquitté
toujours d'une maniere grande & fublime.

M. de Mafcaron eft moins orné
que M. Fléchier , & moins pathétique que M. Boffuet ; mais il ne laiffe
pas de tenir un rang très-diftingué
parmi nos Orateurs. De cinq Oraifons
funebres que nous avons de lui , la
plus parfaite eft, fans contredit, celle
qu'il a faite pour M. de Turenne : on
peut dire que dans ce difcours il s'eft
furpaffé lui-même.

Patru eft doux , infinuant , pur ,
clair & dégagé ; il a une merveilleufe
facilité à bien tourner un fait , à s'infinuer dans les efprits par la douceur,
en préparant fes mouvements. On dé-
fireroit feulement plus de feu & de
véhémence dans fes difcours.

Le Maître ménage moins fon feu ;
mais il en a de refte , & il fait toujours

se soutenir & conserver sa chaleur.
Ses mouvements sont forts & pathé-
tiques, joints à une grande abondance de preuves.

D. Quelles sont les différentes parties d'un discours oratoire ?

R. On en compte ordinairement
six ; savoir, 1°. l'exorde ; 2°. la narration ; 3°. la proposition & la division ; 4°. la preuve ou la confirmation ; 5°. la réfutation ; 6°. la péro-
raison.

D. Quel but l'Orateur se propose-
e-il dans l'exorde ?

R. Son principal but doit être de
prévenir favorablement l'Auditeur,
& de l'instruire en gros du sujet. Ainsi
l'exorde doit être simple, modeste &
naturel ; il faut que la matiere ne soit
qu'indiquée dans l'exorde, & qu'il y
ait une telle liaison entre cette partie
du discours & les autres, qu'elle ne
puisse en être détachée.

D. Qu'est-ce que la narration, &
quelles qualités lui sont essentielles ?

R. La narration eſt l'expoſition du fait ſur lequel les Juges doivent prononcer. Elle doit donc être placée immédiatement après l'exorde , afin que les Juges ſoient d'abord inſtruits de ce qui fait le fondement du procès. Du reſte , il faut narrer d'une maniere ſimple , courte , claire & vraiſemblable.

D. Qu'eſt-ce que la propoſition ?

R. La propoſition eſt une expoſition ſimple , courte & naturelle du ſujet qu'on va traiter. Sa place eſt au commencement de chaque preuve, & ſur-tout au commencement de la queſtion principale. Elle ſert dans le plaidoyer à annoncer le point qui eſt à juger , ou ce qui détermine l'état de la queſtion.

D. D'où ſe tire la diviſion ?

R. On tire la diviſion de la nature du ſujet , de ſes proprétés , de ſes cauſes , de ſes effets & de ſes circonſtances.

D. Qu'entendez-vous par confirmation ?

R. La confirmation ou preuve confiste à bien établir ses moyens par l'autorité, par le raisonnement, ou par des exemples. C'est la partie la plus essentielle de l'Eloquence; toute l'adresse & toute la force oratoire y sont renfermées; le reste n'est que l'accessoire, & n'a de prix qu'autant qu'il contribue à la faire valoir.

D. En quoi consiste toute l'économie & tout l'art de la preuve ?

R. Il consiste à poser une proposition qui ne souffre aucune difficulté, & à montrer ensuite la liaison de la proposition contestée, avec la vérité de la proposition incontestable. Ainsi le but de l'argumentation est de prouver une chose qui paroît douteuse, par une autre qui passe pour certaine.

Outre le raisonnement, il faut que

l'Orateur emploie le reffort des paffions, quand il s'agit de furmonter la réfiftance de l'Auditeur. La raifon fait convaincre ; mais c'eft la paffion qui touche le cœur , qui le remue , & qui perfuade. Pour cela , il faut fe bien pénétrer du fujet qu'on traite , fe revêtir des paffions de ceux pour qui l'on s'intéreffe , fe mettre en leur place , & parler pour eux comme fi l'on parloit pour fa propre caufe.

D. Qu'appellez-vous réfutation ?

R. La réfutation confifte à détruire les principes fur lefquels l'adverfaire a fondé fes preuves.

D. Quelles font les fonctions de la péroraifon ?

R. Elle en a de deux fortes. La premiere confifte à faire une courte récapitulation des principales preuves. La feconde eft deftinée à exciter dans l'ame des Juges les fentiments qui peuvent conduire à la perfuafion. La premiere demande beaucoup de précifion, d'adreffe & de difcernement

pour ne dire que ce qu'il faut , &
pour rappeller en peu de mots l'ef-
sentiel & la subftance des moyens
qui établiffent la caufe. Mais l'Eloquence réferve fa plus grande force
pour la feconde : c'eft par le fecours
du pathétique qui y regne , qu'elle do-
mine , qu'elle triomphe , & qu'elle
affure fon empire.

De la Pein-
ture & de la
Sculpture.

D. Qu'ont de commun avec la
Poéfie & l'Eloquence, la Peinture,
la Sculpture , la Mufique & l'Architecture ?

R. Le feu, le génie, l'enthouffafme,
qui doivent animer le Peintre auffi-
bien que le Poëte ; car les Poëtes ne
montent pas feuls fur le Parnaffe ;
les grands Muficiens & les grands
Peintres y ont auffi leur place. Il ne
faut pas moins de génie poétique pour
peindre les actions de Louis XIV ,
comme le Brun les a peint , que pour
les décrire en vers. Il ne falloit pas
moins de grandeur d'ame pour dreffer
le plan de la façade du Louvres , que
pour

pour faire la description du Palais de Neptune, ou le Temple de Junon, qu'on lit dans Homere & dans Virgile.

D. Quelle a été l'origine de la Peinture ?

R. Voici ce qu'en dit Pline : *Quant à l'origine de l'art de la Peinture, on ne trouve là-dessus qu'incertitudes & contradictions. Les Egyptiens soutiennent qu'elle fut inventée chez eux six mille ans avant que les Grecs en eussent la moindre connoissance. On sent la vanité & le peu de fondement de cette jactance Egyptienne. A l'égard des Grecs, ils prétendent, les uns qu'elle fut inventée à Sicyone, les autres à Corinthe.*

Le même Auteur dit plus bas : *l'art d'exprimer en relief & en entier tous les objets avec de la craie ou de l'argille, doit sa première invention à Dibutade, Potier de terre Sicyonien, établi à Corinthe, grace toutefois à sa fille ; car celle-ci étant éprise d'un jeune*

N

homme qui partoit pour un long voyage, traça le pourtour de l'ombre pro-
fil de son amant sur la muraille, à la
lueur d'une lampe. Son père, sur ce
même dessin, plaqua de l'argille, exé-
cutant cette image en relief, sur le dessin tracé; puis mettant ensuite cette
argille durcir au four avec ses autres
poteries, il eut ainsi le premier type en
terre cuite. Il dit ailleurs : *la Peinture,
par l'entremise de la cire & du feu, est
une invention dont l'Auteur est in-
certain.*

Sans s'amuser donc à rechercher
une origine qui se perdoit dans les ténebres de l'antiquité, dès le temps des
Romains, on peut dire avec fondement que la Peinture a pris naissance
en même temps que la Sculpture,
puisque l'une & l'autre a le dessin pour
principe, & que la derniere étant en
usage dès le temps d'Abraham, la Peinture l'étoit vraisemblablement de la
même sorte. Elle a pu disparoître &
se remontrer suivant les différentes ré-

volutions ; car il eſt probable que ,
même dans les premiers temps , elle
s'eſt éteinte & renouvellée pluſieurs
fois ; & que ceux à qui on en attribue l'invention , n'en ont été que
les reſtaurateurs. On trouve dans Pline
tout ce qu'on nous dit aujourd'hui des
ruches de verre ou de corne , des por-
traits à la Silouette , de l'Electricité ,
& de mille choſes qu'on nous donne
pour des découvertes toutes récentes.
Combien de ſecrets de Médecine con-
fiés dans les recettes des Anciens ,
ont fait la fortune de nos Médecins
modernes !

D. Que dit-on de l'habileté des anciens Peintres ?

R. On raconte , dit Pline , que Par-
rhaſius entra en lutte avec Zeuxis ; que
celui-ci expoſa dans cette lutte un tableau repréſentant des grappes de rai-
ſins , peintes tellement au naturel , que
les oiſeaux venoient les becqueter ſur
l'échafaud ; que de ſon côté Parrha-
ſius produiſit un tableau repréſentant

une toile avec tant de vérité, que Zeuxis,
tout orgueilleux du succès de ses grap-
pes, & du suffrage des oiseaux, de-
manda avec instance qu'on levât en-
fin cette toile pour voir ce qui étoit
dessous ; & qu'ayant reconnu son er-
reur, il s'avoua ingénument vaincu,
d'autant qu'il n'avoit trompé que les
oiseaux, & que Parrhasius avoit trom-
pé un Artiste tel que Zeuxis. Ces deux
grands hommes vivoient au siecle
d'Alexandre le Grand. Ils étoient
aussi contemporains avec Pamphile,
Timanthe, Apelles & Protogene,
dont les ouvrages & les noms feront
immortels. Avant Apelles, les Peintres n'employoient dans leurs ouvrages que les quatre couleurs primiti-
ves ; mais celui-ci s'avisa de compo-
ser les couleurs, de les confondre
avec mesure, & d'imiter par ce
moyen toutes les nuances de la nature.

D. Quel avantage la Peinture
moderne a-t-elle sur les Anciens ?

R. Le grand avantage de notre Peinture, est le secret de peindre à l'huile, au lieu que les Anciens ne peignoient qu'en fresque. Ce secret fut trouvé par Jean de Bruges, il y a environ trois siecles. Par là on a trouvé le moyen de donner aux couleurs plus de durée, plus d'union & plus de douceur. On regarde encore aujourd'hui comme une merveille le tableau des Vieillards adorant l'Agneau, sujet tiré de l'Apocalypse, que Jean de Bruges fit avec son frere, pour l'Eglise de S. Jean de Gand.

D. Quel autre secret les Peintres modernes ont-ils trouvé ?

R. Ce secret est de faire plafonner les figures, c'est-à-dire de les détacher de la toile, & de les mettre en l'air. Ce secret fut mis d'abord en usage, au moyen du clair-obscur, par un des Carraches, qui ont tous trois dessiné d'un grand goût, & ont formé d'excellents Peintres.

N 3

Il n'y a perſonne qui n'ait entendu parler de la célebre Vénus d'Apelles, dont la beauté contribua plus que toute autre choſe à étendre le culte de cette divinité païenne. Tout le monde admire encore celle de Praxitelle, qu'on voit à Verſailles. Le tableau de la Transfiguration par Raphaël, qui vivoit ſous Léon X, eſt preſqu'auſſi connu que l'Enéïde de Virgile. C'eſt là qu'on voit avec étonnement des reflets de lumieres, qui vont éclairer des objets, qui, d'un autre côté, paroiſſent dans la plus grande obſcurité. Ce dernier tableau, avec la Deſcente de la Croix de Daniel de Volterre, & la Communion de S. Jérôme du Dominicain, paſſent pour les trois plus beaux tableaux de Rome.

D. Combien y a-t-il de ſortes de gravures?

R. Il y en a de deux ſortes : la gravure en creux, ou l'art de frapper les médailles, & la gravure en taille-douce, ou l'art des eſtampes.

D. L'art de frapper les médailles est-il fort ancien ?

R. L'art de frapper des médailles est non-seulement très-ancien , mais il a encore été porté anciennement à une grande perfection : c'est ce dont nous pouvons juger par les médailles de l'ancien temps , & sur-tout par celles qui ont été faites sous le premier Empereur. Mais cet art a souffert , comme tous les autres , son éclipse , & il faut remonter jusqu'au seizieme siecle pour trouver des médailles faites dans la plus grande perfection. Celles que fit Varin pour Louis XIII, sont d'une beauté achevée. Bavin , qui lui succéda , ne fut pas moins habile. Le siecle de Louis XIV a abondé en excellents Graveurs , comme en toute autre chose.

D. Quand a-t-on trouvé la gravure en taille-douce ?

R. La gravure en taille-douce est très-récente. Ce fut à Florence qu'on en fit les premiers essais sur des planches de bois. Peu d'années après, on employa des planches de cuivre, & les estampes en reçurent plus de douceur & d'agrément. Enfin on inventa la gravure à l'eau-forte : par là on rendit la gravure aussi propre que la peinture aux grands desseins & aux grandes ordonnances.

Les plus habiles Graveurs sont le Clerc, Picard, Nanteuil, Callot, & quantité d'autres, dont les estampes sont répandues par-tout. Nanteuil excelloit dans la portraiture. Callot avoit le talent de renfermer, dans un très-petit espace, une infinité d'objets, & d'exprimer en deux ou trois coups de burin, les gestes, les attitudes, & toutes les passions de ses personnages.

De l'Architecture.

D. Quelle est l'origine de l'Architecture, & de ses quatre principaux ordres ?

R. Dorus ayant bâti un temple à Junon dans la ville d'Argos, l'arrangement des parties en parut si bien entendu, les dimenſions ſi juſtes & les ornements d'un ſi bon goût, qu'on le prit dans la ſuite pour modele, & cette premiere maniere de bâtir fut nommée ordre Dorique : c'eſt celui qu'on emploie ordinairement dans les grands & vaſtes édifices, où la délica-teſſe des ornements paroîtroit déplaire. On reconnoît cet ordre à ſa ſimplicité ; il n'a aucun ornement ſur la baſe ni ſur ſon chapiteau.

Dans la ſuite, lorſque les Ioniens bâtirent le fameux temple de Diane, ils voulurent joindre à la nobleſſe plus d'élégance & de recherches : en con-ſéquence, ils ornerent le chapiteau de volutes, & ſa corniche de denti-cules, & formerent par là un nou-vel ordre, qu'on nomme ordre Ioni-que.

Calimachus, célebre Sculpteur d'A-thenes, s'étant aviſé de changer quel-que choſe à ces deux ordres, & ſur-tout d'orner les colonnes d'une bran-che d'acanthe, idée qui lui étoit venue

à la vue d'un pannier qu'on avoit mis
sur le tombeau d'une jeune fille de Corinthe , autour duquel s'élevoit une
plante d'acanthe , donna occasion à
un troisieme ordre d'Architecture ,
qu'on nomma ordre Corinthien. Cet
ordre est le plus délicat & le plus riche de tous les ordres d'Architecture.
Son chapiteau est orné de deux rangs
de feuilles , de huit grandes volutes ,
& de huit petites. Sa corniche est or-
née de modillons.

Enfin , les Romains firent un quatrieme ordre du mélange des trois
premiers , retranchant de l'un , em-
pruntant de l'autre, ajoutant à tous les
deux. Cet ordre s'appelle *Composite* ,
parce qu'il participe de l'Ionique &
du Corinthien. Cet ordre *Composite* a
son chapiteau orné de deux rangs de
feuilles imitées de l'ordre Corinthien ,
& de volutes prises de l'ordre Ioni-
que ; sa colonne est de dix diametres
de hauteur , & sa corniche a des den-
ticules ou modillons simples. Lors-

qu'on fait ufage de différents ordres ,
on a foin de placer le plus délicat fur
le plus folide.

D. Quels font les plus beaux ouvrages d'Architecture ?

R. Un des plus beaux , du moins
parmi ceux qui nous reftent , eft le
temple de Jules-Céfar , qu'on voit
encore en partie à Rome. Les chapi-
teaux Corinthiens , qui reftent en entier , font juger de l'élégance , de la
fimplicité & de la grandeur de tout
l'édifice. Le théatre de Marcellus & le
Panthéon , font encore regardés comme des chef-d'œuvres de l'art. Le temple de Jupiter-Anxur , bâti par Vi-
truve , eft dans le même goût. Le
temple de la Paix , que fit bâtir Vef-
pafien , & qu'il orna des dépouilles
du temple de Jérufalem , eft encore le
plus riche & le plus grand qui foit à
Rome.

D. Que fit-on en France lorf-
qu'on voulût rétablir l'Architecture ,

qui avoit été étouffée fous les ornements gothiques ?

R. Les Architectes fe rendirent à
Rome, & dans tous les lieux où il
reftoit quelque trace de l'ancienne
Architecture. Ils remarquerent les
belles proportions qui régnoient dans
ces édifices, l'ufage fobre & modéré
avec lequel on y a employé les ornements ; & ils revinrent avec le goût &
l'idée du beau, qu'ils imprimerent dans
tous leurs ouvrages.

D. Quels font les premiers ouvrages d'Architecture où l'on vit renaître les beautés naturelles & le goût
des Anciens ?

R. Ces ouvrages font la fontaine
Saints-Innocents, chef-d'œuvre dont
le plan fut tracé par Lefcot, Abbé de
Clugny, & orné par Gougeon des
plus précieufes fculptures. Le Palais
des Tuileries, bâti par de Lormes,
fucceffeur de Lefcot, fous la Reine
Catherine de Médicis. L'Efcurial,

dont Louis Defoix, Parisien, donna le plan, qui fut préféré à tous ceux des autres Architectes d'Italie & d'Espagne.

D. Quels sont les chef-d'œuvres de l'Architecture moderne ?

R. Ces chef-d'œuvres sont le Luxembourg, de l'ordonnance de Débasses, & le Portail de S. Gervais, ouvrage le plus achevé du même Auteur ; la Porte S. Denis, par Blondel ; enfin la Façade du Louvre, tracée par Dévaux, est un morceau où l'Architecture étale toute sa richesse & toute sa magnificence.

D. Qu'est-ce que la Musique ?

R. C'est l'imitation des sons dont la nature se sert pour exprimer ses sentiments ; & comme la nature s'exprime mieux par les cris de la douleur & de la joie, que par les plus beaux discours ; la Musique est naturellement plus touchante que la plus tendre Poésie.

De la Musique.

D. Quelle preuve avez-vous du pouvoir de l'harmonie ancienne ?

R. Elle adouciſſoit les tranſports de la frénéſie ; elle modéroit ou excitoit à ſon gré l'ardeur des combattants. Tirthée, pour régler la marche de ſes troupes, obligeoit chaque ſoldat de marquer du pied la cadence de ſes airs en allant au combat : & un Prophete du Seigneur, pour appaiſer les agitations où l'avoient jetté les ardeurs de ſon zele, ordonne qu'on joue de la harpe en ſa préſence, auſſi-tôt il rentre dans ſon aſſiette ordinaire.

D. Qu'eſt-ce qui pouvoit opérer les effets prodigieux qu'on raconte de la Muſique ancienne ?

R. On ne peut attribuer ces effets admirables qu'au génie, à l'habileté des premiers Maîtres de Muſique, & à la vivacité du ſentiment qu'ils répandoient dans leurs compoſitions ; puiſque la Muſique étoit dépourvue d'accords, & par là incapable de faire par elle-même ces impressions extraordinaires qu'on lui attribue.

D. Quel est le grand avantage de la Musique moderne sur l'ancienne ?

R. Ce grand avantage sont les accords, qu'un Moine Bénédictin d'Italie trouva vers le onzieme siecle, au moyen desquels la Musique imite ce qu'il y a de plus grand & de plus terrible dans la nature, le bruit du tonnerre, les cris des combattants & des mourants, & le mugissement de la mer en courroux.

D. Qui se servit le premier de la Musique dans les combats ?

R. Osiris, Roi d'Egypte, qu'on croit être l'inventeur des tymbales & des trompettes.

D. Qui le premier introduisit le chant dans les Eglises ?

R. S. Ambroise, dans le quatrieme siecle, fut l'auteur de cet usage. L'utilité que la piété en a retirée, les saintes affections qu'elle inspire, &

que S. Auguſtin dit avoir éprouvées pluſieurs fois, ſervirent beaucoup à maintenir cet uſage. S. Grégoire, dans le dixieme ſiecle, ajouta à ces chants plus d'expreſſions qu'ils n'avoient auparavant.

D. De quelles marques ſe ſervoit-on dans les commencements pour indiquer les différents tons de la Muſique?

R. On ſe ſervoit pour cela des premieres lettres de l'alphabet. Ce ne fut que long-temps après que Guy d'Arrezzo, Moine Bénédictin, s'aviſa de les marquer par des points diſtribués ſur des lignes paralleles. Quelque temps après, un Pariſien, nommé Jean de Meurs, en marqua la valeur par la diſtinction des points noirs & blancs, & par les crochets qu'il y ajouta.

D. Par quels degrés les Beaux Arts ſont-ils parvenus à leur perfection?

R. Les Arts ſont parvenus à leur
plus

plus grande perfection, non par des progrès lents & tardifs ; mais tout à coup, & sans que ce grand jour ait été précédé d'aucun crépuscule. Dans Athenes, le même homme pouvoit se trouver aux leçons de Socrate & de Platon, aux pieces d'Aristophane & de Sophocle, & aux harangues de Démosthenes. Auguste se vantoit d'avoir changé toute la façade de Rome, & de l'avoir revêtue de marbre ; c'est-à-dire qu'il avoit vu renaître les Sculpteurs, les Peintres & les Architectes, comme il avoit vu naître les Poëtes & les Historiens. Au commencement du quinzieme siecle, toutes les Ecoles fameuses de Peinture, se formerent presqu'en même temps, à Rome, à Genes, à Venise & à Florence. Enfin, ce ne fut gueres que depuis 1630, jusqu'en 1680, que parurent sous Louis XIV, les plus grands Artistes & les plus beaux génies de ce siecle.

D. Quelles ont été les causes de

O

l'état floriffant des Sciences & des Beaux Arts ?

R. On ne peut gueres en affigner d'autres, pour le temps d'Augufte, de Léon X & de Louis XIV, que l'ardeur avec laquelle on s'appliqua à étudier tous les anciens monuments de Peinture & d'Architecture qui reftoient dans l'antiquité ; ardeur que le fuccès des guerres précédentes, & une certaine élévation d'ame, caufée par les mêmes fuccès, produifit dans tous les cœurs. Quand Rome, dit Horace, n'eut plus rien à craindre de Carthage, on commença à lire les Grecs, & on tâcha de les imiter. Du temps de Léon X, l'Imprimerie, qu'on venoit de trouver, multiplia les copies des bons ouvrages, qu'on ne connoiffoit prefque plus ; & on s'appliqua avec une ardeur incroyable à les comprendre & à les imiter.

Celui de nos Poëtes qui a le plus contribué au renouvellement de la Poéfie, n'a fait que prendre les deffins & le tour des Anciens, dont il copie fouvent jufqu'aux expreffions. Pour les Grecs, ils ne furent redevables de la perfection où ils portèrent les Arts, qu'à la force de leur génie, foutenu par les idées de grandeur que leur donnerent l'état florissant de leur République, & les fuccès brillants de leurs armées.

D. Quelles ont été les caufes de la décadencé des Arts, & furtout des Beaux Arts dans tous les temps?

R. L'extinction d'une certaïne chaleur, dont les efprits font toujours animés fous un regne florissant. L'envie de fe diftinguer de ceux qui nous ont précédé, & le goût des meilleures chofes, qui ne piquent plus lorfqu'elles n'ont rien de nouveau, le foin trop fcrupuleux de limer & de polir fon ftyle, afin de fuppléer par le brillant de l'expreffion au dé-

O 2

faut des grandes chofes & des grands fentiments. C'eft ainfi que , dans la Grece , lorfqu'elle fut devenue tributaire des Romains , n'y ayant plus de loix à réformer , ou de guerres à confeiller , les Orateurs traiterent des fujets de parade peu intéreffants par eux-mêmes , & que pour cela ils tâcherent de relever par l'éclat de la diction , la fineffe & la nouveauté des penfées.

D. Que devons-nous faire pour prévenir la décadence du bon goût & des Beaux Arts ?

R. Il faut tourner fon efprit vers le grand. La Religion , pour peu qu'on la médite , a de quoi foutenir & élever les efprits les plus foibles. Nous devons fur-tout être en garde contre les attraits de la nouveauté , & l'éclat féduifant du beau langage. Il faut ne point nous éloigner de la route qu'ont tenue les Ecrivains qui , depuis long-

temps paffent pour des modeles
parfaits, & qu'on regarde comme
la fource du bon goût ; n'imiter
parmi les nouveaux que ceux qui
leur reffemblent , & qui travaillent dans le même goût de la
nature.

A ROUEN. De l'Imp. d'OURSEL, 1782.

www.ingramcontent.com/pod-product-compliance
Lightning Source LLC
Chambersburg PA
CBHW070910030726
47504CB00005B/1523